Une petite saison au Congo

Du même auteur

L'adieu à San Salvador, récit, 2001, Éditions L'Interligne, Ottawa.

Un train pour l'Est, roman, 2003, Éditions L'Interligne, Ottawa.

Sous un autre jour, extraits du recueil de poèmes dans Écriture franco-ontarienne, Éditions du Vermillon, 2004.

John et Awa, Conte créé par le théâtre français de Toronto, 2005.

Œuvre en cours : *Il ne s'est presque rien passé ce jour-là.*

5-7, rue de l'Ecole polytechnique ; 75005 Paris

http://www.librairieharmattan.com
diffusion.harmattan@wanadoo.fr
harmattan1@wanadoo.fr

ISBN : 978-2-296-10636-9
EAN : 9782296106369

Aristote Kavungu

Une petite saison au Congo

Encres Noires

Collection dirigée par Maguy Albet et Emmanuelle Moysan

Dernières parutions

N°331, François BINGONO BINGONO, *Evu sorcier. Nouvelles,* 2009.
N°330, Sa'ah François GUIMATSIA, *Maghegha'a Temi ou le tourbillon sans fin*, 2009.
N°329, Georges MAVOUBA-SOKATE, *De la bouche de ma mère*, 2009.
N°328, Sadjina NADJIADOUM Athanase, *Djass, le destin unique*, 2009.
N°327, Brice Patrick NGABELLET, *Le totem du roi*, 2009.
N°326, Myriam TADESSÉ, *L'instant d'un regard*, 2009.
N°325, Masegabio NZANZU, *Le jour de l'éternel. Chants et méditations*, 2009.
N°324, Marcel NOUAGO NJEUKAM, *Poto-poto phénix*, 2009.
N°323, Abdi Ismaïl ABDI, *Vents et semelles de sang*, 2009.
N°322, Marcel MANGWANDA, *Le porte-parole du président*, 2009.
N°321, Matondo KUBU Turé, *Vous êtes bien de ce pays. Un conte fou*, 2009.
N°320, Oumou Cathy BEYE, *Dakar des insurgés*, 2009.
N°319, Kolyang Dina TAÏWE, *Wanré le ressuscité*, 2008.
N°318, Auguy MAKEY, *Gabao news. Nouvelles*, 2008.
N°317, Aurore COSTA, *Perles de verre et cauris brisés*, 2008.
N°316, Ouaga-Ballé DANAÏ, *Pour qui souffle le Moutouki*, 2008.
N°315, Rachid HACHI, *La couronne de Négus*, 2008.
N°314 Daniel MENGARA, *Le chant des chimpanzés*, 2008.
N°313 Chehem WATTA, *Amours nomades. Bruxelles, Brumes et Brouillards*, 2008.
N°312 Gabriel DANZI, *Le bal des vampires,* 2008.
N°311, AHOMF, *Les impostures*, 2008.
N°310, Issiaka DIAKITE-KABA, *Sisyphe... l'Africain*, 2008.
N°309, S.-P. MOUSSOUNDA, *L'Ombre des tropiques*, 2008.
N°308, Loro MAZONO, *Massa Djembéfola ou le dictateur et le djembé*, 2008.
N°307, Massamba DIADHIOU, *Œdipe, le bâtard des deux mondes*, 2008.
N°306, Barly LOUBOTA, *Le Nid des corbeaux*, 2008.
N°305, S.-P. MOUSSOUNDA, *Le paradis de la griffure*, 2008.
N°304, Bona MANGANGU, *Carnets d'ailleurs*, 2008.
N°303, Lottin WEKAPE, *Chasse à l'étranger*, 2008.
N°302, Sémou MaMa Diop, *Thalès-le-fou*, 2007.

Les voitures, c'est pour les ministres et les députés.
Les femmes, c'est pour les députés et les ministres.
Le père noël, c'est pour les nègres à monocle.
Que le père noël soit pour tous!
Voilà comme nous l'entendons, nous, l'indépendance du Congo!

Aimé Césaire
Une saison au Congo, 1966

à *Yvé.*

Douze années, plusieurs petites guerres et deux présidents décédés plus tard, le pays était, à tous points de vue, le même. Presque le même, en réalité. Ici cette nuance est non seulement de taille mais elle traduit l'infinie distance qui me séparait de toute velléité d'un retour définitif au pays natal. Mitigée, c'est le mot qui sied à la couleur de mes sentiments en quittant ce pays qui est le mien sans vraiment l'être mais tout en l'étant. Pour faire court.

Dans l'avion, tout le monde lisait ma gueule d'appréhension, sauf évidemment ceux qui l'attribuaient à la fameuse phobie de l'avion dont j'étais aussi, soit dit en passant, un involontaire client. Non, l'appréhension n'était pas aussi irraisonnée que celle qui m'habite le plus souvent. Je redoutais l'inconnue dans un pays qui ne m'était pourtant pas inconnu mais son quotidien, celui de ses habitants surtout, m'éloignait de cette ataraxie nécessaire pour conjurer certains sorts. Je me repassais les histoires entendues à gauche et à droite sur la satisfaction des uns et des autres après un séjour là-bas. Elles disaient toutes à peu près le même détachement par rapport à la réalité quotidienne du pays. Peut-être était-ce le remède qu'il fallait pour s'immuniser contre toute espèce de dépression nosocomiale ou de permanente agueusie face à ce que j'imaginais être un vaste mouroir ? Peut-être fallait-il décider, dès le départ, qu'on y allait pour son ambiance du samedi soir légendaire, pour la baise bon marché, pour le cocooning que permet le statut de touriste occidental. Peut-être fallait-il aussi avaler son chapeau avant la lettre et accorder un blanc-seing et toutes les circonstances atténuantes imaginaires au pouvoir en place, ne pas se mettre martel en tête donc pour les abominations passées, depuis deux générations déjà, dans le domaine du banal, de l'acceptable. Je n'étais pas prêt, en réalité, à me faire violence et à noyer mes états d'âme dans les agapes et les mondanités, dans l'éphémère et le superficiel, dans la planification interlope de mes journées. Pas du tout disposé à le faire.

L'escale de deux jours à Paris m'avait fait, somme toute, un immense bien et cela pour deux raisons : d'abord je coupais avec l'avion et me préparais psychologiquement à le reprendre ; ensuite, c'était une formidable occasion de revisiter quelques tranches de ma vie passée à Paris, en banlieue, pour l'essentiel. Montreuil, Asnières, La Frette-Sur-Seine défilaient déjà dans ma tête comme en petit train. Une bonne immersion dans mes souvenirs, les plus rafraîchissants et ceux à oublier aussi. Forcément.

Malgré la fatigue du décalage horaire, j'attendais le matin avec impatience. Les matins de Paris étaient, à mes yeux, les meilleurs au monde, derrière ceux de l'Afrique d'antan. Ils ont une couleur magnifique, des odeurs et des saveurs incomparables. Même si c'était un jour de semaine et que tout le monde s'attelait à sa tâche quotidienne, le charme était là. Je marchais seul, en changeant de temps en temps d'artère pour vivre en long et en large la magie de ce matin d'été, généreusement magnifié par un soleil des plus radieux. De mon point de départ, à Marcadet-Poissonniers, jusqu'à Havre-Caumartin, je n'avais même pas remarqué la frontière entre la France d'en haut et celle d'en bas, les gestes et les réflexes étant les mêmes, la démarche également. Mais il avait suffi que j'y pense pour remarquer les inégalités physiques entre ces deux mondes, de la prestance des gens à la qualité de l'air qu'on y respirait. Il m'en fallait tout de même plus pour m'empêcher de savourer tous les délices de ce premier matin de vacances. Je voulais perpétuer mon plaisir. J'avais pris place à la terrasse d'un des bistrots qui ceinturent les bouches de métro. Je trouvais toujours formidable qu'il y ait, au sortir de chaque bouche de métro parisien, au moins deux bistrots, un tabac, parfois un hôtel, de passe ou de luxe selon l'arrondissement, un épicier, arabe ou autre, un kiosque à journaux, au moins, une banque, Crédit lyonnais ou Société générale, une station-taxi et autres commodités.

- Un café crème et un jambon-beurre, s'il vous plait, ai-je dit au serveur.

Il me demanda de payer tout de suite. Ce n'était pas l'usage à l'époque mais j'osais croire qu'il n'avait pas pensé une minute que je le faisais marcher ou que j'allais descendre toute ma commande en moins de deux et me tirer ni vu ni connu. J'aurais peut-être dû commencer par lui dire que j'étais touriste canadien, même touriste tout court, synonyme de respect et d'attention.

- Gardez la monnaie, s'il vous plaît.

Il me fixa des yeux quelques secondes. Je ne savais pas pourquoi. Douze euros de pourboire, c'était pourtant banal en cette période de l'année où les touristes sont volontaires pour se faire saigner à blanc, en règle générale. Mais seulement voilà, je ne l'étais pas dans sa tête et il ne comprenait pas que je quitte la zone pour venir prendre mon café dans cette France d'en haut et, comble de tout, que je lui donne une vraie fortune en guise de pourboire. Il le mit tout de suite dans la poche arrière de son pantalon, un peu à la dérobée, comme s'il nous sentait épiés, comme s'il n'était pas de bon ton d'accepter un pourboire d'un certain type d'étranger. Pour ce don tombé du ciel, je le devinais personnellement prêt à une accolade, à une génuflexion, à toute autre chose traduisant sa jubilation, malgré tout.
Le sandwich était délicieux, comme on sait les faire là-bas. L'impression qu'il y avait peut-être mis tous les soins possibles me traversa l'esprit ; mais la peur aussi que le contraire fût du champ du possible, qu'il ne m'aimât pas vraiment au point de se changer en laborantin et de noyer sa haine dans le beurre de mon sandwich ou dans la crème de mon café. Foin de tout cela, je m'y suis adonné avec passion malgré le fait que je n'avais pas beaucoup de talent pour manger le matin. Ce serait un cliché de dire que je souhaitais que le temps s'arrêtât un moment. Je réapprenais à aimer la France et j'aurais aimé avoir le pouvoir de

décider de l'éternité de certains instants de la vie, des instants comme celui-là, mêlés d'insouciance, de sentiment de triomphe sur une adversité notoire et légendaire.
Je profitais du prestige que me conférait le fait d'être seul à la terrasse, de ma seule présence qui justifiait à ce moment-là la raison d'être du bistrot. Alors que j'avais fini mon petit déjeuner depuis longtemps, le serveur ne venait même pas, selon l'habitude, me toiser pour que je débarrasse le plancher. Il m'envoyait même un petit sourire de loin de temps en temps. Il était un peu plus de dix heures. C'était une heure creuse pour un bistrot, entre le petit déjeuner et le déjeuner. Je pouvais d'ailleurs humer et distinguer quelques senteurs familières du patrimoine gastronomique de la France. J'ai fait signe au garçon de venir. Je voulais commander à boire, quelque chose qui irait bien avec mon état d'âme. Il s'est présenté sans coup férir. J'ai affiché une mine de contentement pour lui rendre la politesse.

- Un diabolo-menthe, s'il vous plaît.
- Pas de problème. Si ça continue comme ça, vous allez finir par déjeuner ici, plaisanta-t-il.

C'était drôle. Élégant surtout de penser que j'étais plus chapon que poulet aux hormones, plus immeubles cossus que HLM, etc., une reconnaissance dérisoire mais après plus d'une décennie passée à essuyer ricanements, remontrances et même invitations multiformes à quitter la France, cette espèce de droit de cité que me reconnaissait ce serveur était bienvenue.
Je voulais d'ailleurs qu'il garde cette image-là de moi. J'ai descendu mon diabolo-menthe rapidement là où j'aurais pu perpétuer le bonheur en le sirotant. En quittant, je n'ai pas pris la bouche de métro d'en face où je risquais d'être vu en prolétaire. L'autre était à quelques encablures du restaurant mais avait la particularité d'être discrète.
Au métro, j'ai tout de suite été frappé par la propreté des quais. C'était clair qu'on n'était pas à Strasbourg Saint Denis ni à Belleville. Un panneau électronique indiquait l'arrivée

imminente du train, une nouveauté qui ne m'avait pas déplu, même si je savais depuis toujours que l'Europe avait une culture de train incomparable. J'ai pris place dans la première voiture du métro. J'ai choisi de m'asseoir sur le strapontin, c'était plus pratique pour descendre. Il régnait dans cette voiture comme un silence de cathédrale. Personne ne semblait connaitre personne, et puis c'était un jour ouvrable, les couples se séparent, les amitiés aussi font relâche. Ceux qui étaient là étaient soit détendus parce qu'ils vivaient peut-être dans quelque insouciance ; soit préoccupés parce qu'ils vivotaient. Les mendiants étaient aussi, curieusement, aux abonnés absents. En temps normal, il y entre un toutes les trois stations. Ils chantent ou passent tout de suite à l'essentiel, c'est-à-dire la lecture du script qui dit l'incommensurable de leurs misères respectives. Les pères amenaient parfois leurs familles entières et, sans le savoir ni le vouloir, ils touchaient au ridicule de la sensiblerie et du misérabilisme. Il y en avait même qui s'improvisaient handicapés lourds, une performance que j'applaudissais, évidemment. On donnait. Non pas qu'on fût touchés par cet étalage de misère mais on souhaitait, en donnant en masse, qu'on nous en épargnât la vue et aussi que notre inconfort s'en trouvât réduit autant. Ceux qui se sentaient obligés de mériter notre obole s'amenaient avec un instrument de musique qu'ils ne maîtrisaient qu'à moitié et nous imposaient d'interminables minutes de torture dans un huis clos quasi sartrien. Etait-ce une bonne chose qu'ils ne fussent pas là ? Je ne savais que penser. Le retour en force du tout sécuritaire en France les avait peut-être confinés chez eux ; peut-être avec l'état chancelant de l'économie mondiale, ils ont décidé de donner un peu de répit à leurs généreux donateurs. En tout cas, c'était assez singulier de ne pas les voir, après les avoir pratiqués une bonne partie de ma vie. On fait désormais attention à ces choses-là quand on n'est plus fracturé social. On développe la même susceptibilité qu'on pourfendait, qu'on reprochait aux fortunés quand ils suggéraient qu'on cache cette misère qu'ils ne sauraient voir.

Alors que je m'apprêtais à quitter ce métro avec l'impression d'une France qui vivait une sorte de renaissance, un monsieur, d'un certain âge, m'avait fait revenir à une réalité familière. Station Marcadet-Poissonniers à nouveau. La voiture commençait à se remplir. Je me suis levé car l'usage voulait qu'on rabatte les strapontins en cas de fort achalandage. Mais mon voisin s'était entêté. Comme il fallait s'y attendre, un vieux monsieur lui a marché dessus par mégarde. Il accompagna son cri de douleur de noms d'oiseau d'une rare violence.

- Je suis désolé mais vous auriez dû vous lever, lui répond le monsieur, non sans l'égratigner au passage.
- Écoute, pépère, je ne reçois de leçon de personne, surtout pas d'un vieillard minable comme toi.
- Si vous étiez si jeune et si fort que ça, pourquoi alors pleurer comme une femme, pauvre con.
- Je te préviens que si tu me cherches, tu vas me trouver, espèce de pédé.

Inutile de dire que c'était de toute beauté. Il s'était ensuite levé pour lui donner une de ces torgnoles mémorables mais les passagers qui assistaient admiratifs ou passifs à cette tranche de poésie ambulante se sont finalement interposés pour arrêter ce qui s'annonçait être un combat tout à fait inégal. Il s'est mis ensuite à donner des coups de pied sur le strapontin pour dégager le trop de son flux nerveux. Le silence qui s'en était suivi était de cimetière, le couinement du train étant le seul bruit social à ce moment-là. Ceux qui descendaient par notre porte faisaient très attention de ne pas tenter le diable en bousculant le monsieur. Il était resté coi, ne semblant pas avoir une destination précise. C'était le genre à chercher noise ou à faire payer aux autres ses propres défaillances ou insuccès. Il incarnait pour moi l'incapacité de rêver, de se projeter dans une promesse de vie meilleure ; il respirait la résignation, le défaitisme, c'était somme toute un pauvre con comme seule la France savait en produire.

J'étais finalement déçu de retrouver la France que j'avais quittée des années auparavant, celle de la profonde fracture sociale, de la baisse de la moralité avec une recrudescence des actes d'incivilité ordinaires. Une double déception parce que je m'apprêtais à aller au Congo où le respect pour une personne âgée était absolu et non négociable, à mon époque en tout cas.

Station Belleville. C'était à mon tour de descendre. Rien à voir avec mon bistrot du matin mais côté chaleur humaine, il n'y avait pas photo. La mixité sociale de l'endroit était légendaire et avec les années, c'était ni plus ni moins une enclave africaine. D'ailleurs, je n'avais pas encore fait vingt mètres que je me suis fait offrir deux marrons braisés, avec l'espoir que j'en achèterais peut-être une tonne en partant. Mais je n'étais que de passage là-bas, en escale en fait. Mon avion pour le Congo quittait dans moins de six heures et ça n'aurait pas été de bon aloi de m'encombrer comme ça de ces morceaux d'exotisme, pourtant d'une succulence incontestable.

Le tohu-bohu, créé par un panaché de tous les sons possibles, des vendeurs à la criée aux automobilistes impatients qui klaxonnaient sans arrêt, la musique du Maghreb qui fusait de quelques étals de ce souk, c'était une vraie bouffée d'air frais. Et puis, tout à coup, il y a eu comme un branle-bas de combat. C'était en fait un sauve-qui-peut déclenché par une fausse alerte. J'ai même avalé mon dernier marron de travers.

- Qu'est-ce qui s'est passé ? avais-je demandé au vendeur de marrons.
- Le téléphone arabe, si vous voulez.

C'était assez drôle quand on savait que l'arabe était l'une des langues officielles du coin mais ça ne me disait pourtant pas pourquoi les gens avaient fui sans demander leur reste pour la plupart. J'ai reposé la question. Il a tout de suite compris que je ne faisais pas partie des initiés. Il s'est expliqué, avec une voix clairement teintée de ressentiment :

- On a un code ici pour prévenir de l'arrivée de la police. On ne les aime pas ici, nous.
- Mais…
- On les aime pas, c'est tout.

Il cherchait indubitablement à tuer le débat. Il doit y avoir pourtant une raison pour détester la police à ce point-là !

Comment en sont-ils arrivés à accepter une vie où ils seront perpétuellement sur le qui-vive ? Où ils compteront sans cesse sur le téléphone arabe pour sauver leur peau ? Je voulais revenir à la charge. Il ramassait encore ses marrons tombés dans la bousculade. Et aussi les braises allumées qu'il prenait avec ses mains nues, comme pour canaliser sa colère. Il ramassait et observait ce manque à gagner qu'il n'était pas encore disposé à pardonner aux policiers qui, soit dit en passant, n'y étaient, jusqu'à plus ample informé, pour rien. Le fait de l'aider dans sa tâche nous avait quelque peu rapprochés, même si je représentais un handicap à ses projets immédiats. Il balança la cinquantaine de marrons dans une poubelle. Peut-être les aurait-il récupérés si je n'avais pas été là ? La tête d'enterrement qu'il affichait désormais disait toute la misère et la solitude de cet homme. Je n'osais même pas dire un mot, par pudeur. Il sortit un autre sac de marrons frais. Tous ses gestes étaient lourds, pesants. Il les étala un peu n'importe comment, sans aucun soin particulier. Il me fixa des yeux puis il lâcha doucement : « On les aime pas. » Mais pourquoi ? Oui, pourquoi on détesterait les gens dont le métier est avant tout de protéger et mettre de l'ordre ? Le caractère inclusif et appropriatif de ce « On » supposait une possibilité de riposte collective si jamais ça tournait mal et, évidemment, d'émeutes avec bavures et de milliers de voitures brulées.
Les marrons crépitaient au feu, finalement. Un épais écran de fumée nous séparait mais ça ne lui disait rien. Visiblement, il ne décolérait pas. Il sortit finalement son éventail pour chasser la fumée, un automatisme physique qui ne sollicitait pas vraiment la réflexion.

- Je prendrais les cinquante premiers qui seront prêts, lui ai-je fait.
- D'accord, je vais le faire vite, m'a-t-il répondu avec un léger sourire de vainqueur.

Logiquement, ce n'était pas à lui de « le faire vite », mais on ne pouvait pas reprocher à quelqu'un qui vient d'essuyer deux échecs successifs de se refaire une santé avec des non-événements. Il accéléra le rythme. Je m'étais senti obligé de lui dire que j'avais tout mon temps. Il l'apprécia et se sentit, lui aussi, l'urgence de revenir à sa nature première. Pendant qu'il emballait mes marrons avec quelque chose qui ressemblait à du papier pour ciment, il me remercia encore d'avoir été là. Il enchaîna ensuite, de but en blanc : « Ici, nous sommes tous frères. La plupart n'ont pas de papiers et, paradoxalement, notre chiffre d'affaires a toujours été assuré par eux. Ils ont une sainte horreur de la police et je peux comprendre. Dès qu'il y a une descente ici, il n'y a plus aucun chat, je veux dire aucun client. Elle n'est pas la bienvenue ici, un point, c'est tout. Tenez, l'année passée, ils se sont entêtés à vouloir patrouiller ici. Ils avaient des armes et nous, tout ce qui s'y apparentait, haches, trancheurs et couteaux de bouchers, bouteilles d'huile de palme, tout quoi !»

Je sentais l'écorché vif dans sa façon de nommer leur arsenal de guerre. Je savais aussi que dans sa situation, la méfiance était la règle d'or. La méfiance jusque dans ma façon de répliquer ou encore de renchérir. « Vous pouvez garder la monnaie », lui ai-je dit en partant. Dix euros et des poussières, cela vous calme un homme en guerre contre lui-même. Alors que je m'éloignais, il me fixa des yeux sans rien dire. Il avait l'air d'apprécier, à sa juste valeur, cette rare étincelle dans la morosité ambiante de sa journée.

Je ne sais pas ce qu'il m'aurait dit s'il avait su que je m'apprêtais à m'envoler pour l'Afrique. Il m'aurait sûrement envié et fait voir, par des parallèles et des raccourcis, les raisons de sa colère, réaction instinctive s'il en est. Non, je n'étais pas encore dans la rébellion systématique. Je ne cherchais pas non plus à être le frère de qui que ce soit. Sans façon. J'étais un simple touriste et pas vraiment disposé à me replonger dans le méchoui afro-arabo-français dont le goût ne pouvait être que douteux. J'en avais déjà soupé dans le passé.

J'ai continué à passer en revue le reste du quartier. Les rues étaient involontairement tapissées avec de l'insolite, de morceaux de laitue par ici, une manche de chemise par là, des sacs en plastique se déplaçant d'un lieu à un autre, on se croirait au marché central de Kinshasa, laissé volontairement à l'abandon.

L'aéroport de Roissy avait l'air triste ce jour-là. Il y avait néanmoins le reste de l'opération Vigipirate, du nom de cet ordre donné aux policiers et à tout le corps armé du pays de redoubler de vigilance dans l'éventualité d'un acte terroriste. J'avais fait mes formalités de voyage en un temps record car il n'y avait pratiquement pas de monde. Les Africains sont connus pour arriver toujours en retard à leurs rendez-vous, d'où l'expression de terroir « On n'a pas l'heure mais on a le temps » que, personnellement je trouve toujours drôle et efficace pour rabattre le caquet aux donneurs de leçon de ponctualité. C'était probablement une insulte à leurs yeux que d'arriver trois heures avant l'heure du départ. S'ils se permettent à leurs propres cérémonies de mariage ou de baptême de faire attendre le prêtre deux à trois heures, je ne vois pas pourquoi ils se magneraient le train pour quelques petites minutes seulement des formalités.
J'avais deux heures quarante-cinq minutes devant moi à attendre, à meubler. Je me suis alors rappelé l'histoire du fameux prisonnier de Roissy, cet homme qui y vivait depuis au moins seize ans parce qu'il était interdit de territoire, recherché dans son pays qui, d'après les nouvelles à l'époque, était, curieusement, rayé de la mappemonde. Je voulais le voir.

- Aérogare 1, la navette est dehors, m'a répondu la préposée aux renseignements, dans un ton un cran au-dessus, ce qui n'était pas anormal en France.

A l'aérogare 1, ils n'avaient pas connaissance de l'endroit où se trouvait leur « prisonnier ». J'aurais aimé pourtant le voir, lui parler, savoir la profondeur de la solitude dans laquelle il vivait depuis près de deux décennies, pour éviter de me perdre en conjectures. Je suis allé au premier kiosque à journaux que j'ai vu. Il y avait encore sur les étagères un vieux livre de Gilles Perrault, *Notre ami le roi*, un sérieux réquisitoire contre le roi du Maroc de l'époque.

- J'ai beaucoup aimé ce livre à l'époque, ai-je dit au vendeur, comme pour briser la glace et poser mon problème dans les meilleures conditions.

Sans le savoir, j'avais réveillé non seulement le lecteur en lui mais aussi l'activiste, ardent défenseur des droits de l'homme. Mais seulement voilà : je n'avais jamais lu ce livre. Les médias en avaient abondamment parlé à l'époque et cela avait suffi pour m'arroger l'autorité d'en parler. J'avais peur qu'il découvre ce petit mensonge de bonne foi et m'envoyer paître. Un sujet en appelant un autre, on en était finalement arrivés à parler du prisonnier de Roissy. « On ne peut pas laisser, en règle générale, un être humain dans ce genre de déni d'humanité, continua-t-il. Seize ans de non-lieu, vous m'entendez ? Il était là, sans savoir de quoi serait faite la prochaine heure. Il venait ici tous les jours et je le voyais écumer de rage mais je ne pouvais rien faire, à part lui offrir de temps en temps un quotidien, *Le Monde* ou *Libération*. *Notre ami le roi* avait justement raffermi nos liens parce qu'on avait en commun la conception selon laquelle toute dictature était une faiblesse, une démission de notre état d'être humain. »

- Savez-vous ce qu'il est devenu ? l'avais-je coupé dans cette envolée aérienne et métaphysique que mon cerveau, déjà sur mode insouciance, avait du mal à saisir.
- Non, m'a-t-il répondu.

On ne pouvait pas faire plus laconique comme réponse. Je voulais le relancer mais j'avais tout à coup remarqué qu'il avait la gorge nouée, qu'il faisait un effort pour ne pas verser des larmes devant un étranger. Et puis, il enchaîna :

- Non mais il doit aller bien. Son histoire avait été achetée par Hollywood.
- 300.000 dollars d'après les journaux ?

- Oui mais l'argent ne fait pas l'homme. Le gouvernement français lui avait octroyé ses papiers mais il ne voulait pas partir, ne me demandez pas pourquoi.

« Pourquoi justement ? », avais-je pensé. L'interdiction de poser cette question fondamentale avait achevé cette tentative de rentrer dans la vie d'une personne que je ne connaissais pas, mais dont la singularité de l'existence était un véritable cas d'école.

Il n'était donc plus là. Je ne saurais donc jamais la couleur des sentiments d'un apatride, de quelqu'un dont l'inexistence de rapports avec la société avait entamé le capital humain. Je ne saurais pas non plus ce que les seize années de non-lieu qui coulaient encore dans son sang avaient fait de lui. Parti Dieu seul savait où.

Déçu, j'avais repris ma navette pour l'aérogare de mon départ. La configuration avait changé du tout au tout. Un vrai branle-bas de combat pour cette dernière heure de formalités avant le décollage. J'avais reconnu quelques têtes dans les queues kilométriques. Des couples avec leurs enfants pour la plupart qui risquaient de ne pas embarquer. Ils continuaient, en bons Africains, de développer une forme rare et probablement incurable de retardinite aiguë. Je leur avais serré la main en signe de politesse et j'étais allé m'asseoir en salle d'attente, une tasse d'expresso à la main et plusieurs journaux à ma disposition.

Neuf longues heures plus tard, on s'apprêtait à atterrir à Kinshasa, cette équation à plusieurs inconnues dont les années d'absence compliqueraient peut-être la résolution.

Rien que du banal et du connu en arrivant à l'aéroport de Kinshasa mais à cette différence près que les agents de l'immigration et de tous les autres services, y compris la manutention, étaient en uniforme. On se serait cru à une époque, pourtant pas si lointaine que ça, où tout ou presque fonctionnait encore. Tout le reste, par contre, était d'une uniformité et d'une homogénéité comportementale ordinaires, les gens étant soumis à la loi du ventre, et parfois animés par la volonté farouche de nuire ; nuire surtout à ceux qui arrivaient de l'Occident et qui portaient en eux l'inexpiable péché de respirer une opulence supposée et de faire ce voyage plus par caprice que par nécessité. Se défendre contre cette accusation était une entreprise vouée à l'échec. L'idée même qu'on y rentrait pour se ressourcer était quelque chose de tellement aérien qu'il ne valait même pas la peine de l'envisager comme plaidoyer. Ils nous regardaient en biais quand nous leur disions par exemple qu'on y venait pour se reposer, en règle générale, que le rythme dans lequel on vivait était excessivement soutenu, trop à notre goût. Comment serait-ce possible, pensaient-ils, de se reposer dans un pays qui n'offre pas toujours le confort légendaire de l'Occident et qui, parfois, donne l'impression d'être en couvre-feu permanent ? Je ne voulais pas, tout seul et au péril de ma vie, faire le ménage dans la fantasmagorie collective de mes concitoyens. J'acceptais, après tous les autres avant moi, d'endosser cette impardonnable faute et de vivre dans un sentiment de culpabilité permanent, inavouable base de toute négociation. Ainsi donc, je leur avais tous grassement mouillé la barbe à l'aéroport pour mériter leur indulgence ; et ils ne se gênaient pas pour utiliser aussi le bluff à volonté, pour surenchérir. J'ai donc été en état d'arrestation pendant quelques minutes pour avoir manqué ma carte de vaccination. La lettre que mon médecin m'avait faite et qui avait valeur de carte ne voulait absolument rien dire pour eux. Ils ne l'avaient même pas lue ni regardée. Ils me reprochaient, en tir groupé, d'avoir l'intention de contaminer les gens au pays. J'avais tout d'abord cru à une blague de bienvenue. Ils insistaient en me répertoriant au visage toutes les maladies dont ils entendent parler et qu'ils avaient d'ailleurs du mal à prononcer. Tout y passait. De la maladie de la vache folle au syndrome respiratoire aigu sévère, en passant par le kwashiorkor ou même la dioxine, un mot qui sonne maladie mais qui n'en était pas une. Le fameux poulet à la dioxine qui faisait la manchette à ce moment-là était une histoire belge et non canadienne. Je ne pouvais même pas pouffer de rire, même si la plupart des maladies qu'ils citaient étaient de type tropical et que c'était moi, au contraire, qui y étais exposé. Le plus informé des trois suggéra même qu'on me mette en quarantaine, le temps de me faire faire des analyses appropriées. Les deux autres privilégiaient le cachot, pour tentative d'empoisonnement et pour faux et usage de faux, m'accusant sans aucune autre forme de procès d'avoir moi-même tapé la lettre du médecin. J'ai tout de suite eu peur de la tournure des événements. Exactement ce qu'ils espéraient. Je ne voulais pas imaginer le cachot dans un pays en état permanent de délabrement. J'ai proposé, avec quelque assurance, d'acheter tous les vaccins que je manquais, de toutes les maladies inexistantes, existantes ou ayant un jour existé. Ils semblaient apprécier cette reddition de ma part et surtout le fait que je ratisse large dans les péchés d'Israël que j'étais disposé à porter. Le plus vieux me tendit une carte de vaccination vierge. Il la retira au moment de la prendre.

- Donnant-donnant mon cher ami, me dit l'un d'eux.
- *Do ut des*, *amigo,* enchaina le deuxième, dans un curieux mélange de latin et d'espagnol pour dire exactement la même chose que le premier.

Oui, c'était évidemment du donnant-donnant. Je n'étais pas dupe. Je savais aussi que je venais moi-même de placer la barre tellement haut qu'il me fallait carrément acheter ma liberté. Ce qui fut fait. Ils me donnèrent ensuite du « chef » ou du « patron », pendant qu'ils m'escortaient jusqu'à la sortie. En me voyant, ma famille qui m'attendait dehors pensait que j'étais peut-être devenu quelqu'un en Occident au point d'avoir droit, à ma descente, à une garde rapprochée. Ils m'ont ouvert la porte, devant ma famille, admirative. Un salut, une révérence et un « merci chef » plus tard de la part des trois hommes, j'étais déjà dans la voiture.
Inutile de dire que c'était un vrai parcours du combattant, de la descente de l'avion jusqu'à la maison familiale. Entre les risques réels d'embuscade, les nombreux nids de poule, les possibilités non négligeables d'accident, les piétons qui traversent n'importe

comment, un sentiment d'étrangeté me prit. Mais les gens qui étaient avec moi dans la voiture affichaient une sérénité presque insolente et, donc, contagieuse, malgré tout. J'ai retenu mon souffle pendant tout le trajet. Les feux rouges, rares au demeurant, qu'on brûlait allègrement, la boue avec laquelle on éclaboussait les passants avec un mépris déconcertant et les insultes assez colorées qui fusaient de notre voiture en direction des piétons sans aucune discipline routière. On leur souhaitait même d'y rester la prochaine fois.
« C'est des mots en l'air, évidemment », se défendait à chaque fois notre ami chauffeur quand il remarquait que je faisais un peu la moue. Evidemment. Je lui ai tout de même demandé sa recette pour conduire les nerfs aussi continuellement à vif. Il n'eut même pas le temps de répondre qu'un « fils de pute » le défia en traversant à la dernière seconde. Il observa un silence. Je ne savais pas si c'était la peur d'avoir été à deux doigts de tuer un homme, ou le regret de l'avoir manqué. Je sentais la nervosité chez lui, pas loin de la rage au volant. Il ne faisait plus attention aux nids de poule dont il m'avait dit, dix minutes auparavant, qu'ils amortissaient les voitures et que cela faisait mal au porte-monnaie. Il ne disait plus mot. Sauf pour me dire qu'on arrivait bientôt à destination. J'ai alors décidé de meubler le silence en lui racontant l'histoire de l'aéroport. C'était somme toute irresponsable de ma part car il s'était complètement déchaîné. Il avait redoublé de rage. Il répétait sans cesse qu'il ne comprenait qu'on se fût moqué de moi à ce point-là; que j'avais été trop gentil avec eux.

- Comment ça trop gentil ?
- Parce qu'en venant ici, c'est toi qui t'es porté volontaire pour ramener au Canada toutes les saloperies gratuites qu'on a ici. Tu vois tous ces immondices ? Tu les vois, n'est-ce pas ? Eh bien, je te garantis une belle fièvre typhoïde avant ton retour.

Je ne connaissais pas cette fièvre-là ni son lien avec les immondices qui, il est vrai, tapissaient pratiquement tous les bords de route. Je n'osais pas lui poser la question sur les manifestations de la fièvre en question. Il ne me laissait de toute façon plus le temps de placer la moindre phrase, occupé à coller aux passants des étiquettes de plus en plus colorées, désormais à la limite du grivois et du scatologique. Puis, soudain :

- Combien leur as-tu donné, à ces espèces de constipés ?
- Cent dollars, divisés par trois, ce n'est finalement pas grand-chose, tout compte fait.
- 25.000 francs, c'est deux trois salaires mensuels pour la moitié de la population. Vaccination, vaccination, c'est eux qu'il faut vacciner, un point c'est tout.

Je ne savais pas pourquoi il tenait absolument à convertir la somme en monnaie locale. Peut-être pour légitimer la violence de sa réaction. Comme le *point c'est tout* était valable pour tout le monde, même pour ceux dans la voiture qui essayaient de lui reprocher ses velléités révolutionnaires dans un pays où l'absurde et l'arbitraire avaient longtemps supplanté le bon sens. On était heureusement arrivés, sains et saufs.

Je n'ai pas pu reconnaître ma rue d'enfance. Les constructions sauvages cachaient jusqu'à mes repères. Le dancing-bar d'en face appartenait désormais à l'histoire. La terrasse était devenue une rangée de petites boutiques et d'étals, probablement beaucoup plus rentables que le bar. Je me rappelais qu'il y avait, à l'époque, deux gros haut-parleurs dehors qui diffusaient la musique à longueur de journées et de nuits, et qu'on n'y trouvait même pas à redire. Au contraire. Ce bar m'avait appris à aimer la musique congolaise de l'époque, à savoir les chansons, oui, toutes les paroles, j'entends. Tout ça faisait partie de notre vie communautaire, de notre quotidien. Chaque fois qu'il y avait un deuil dans le quartier, le bar passait de la musique religieuse de circonstance, le temps de la veillée mortuaire. C'était chic de la part du patron, un ancien musicien reconverti mais encore guitariste à ses heures. Il n'avait jamais fait le deuil de sa carrière, il espérait revenir un jour. Mais revenir, refaire de la musique dans une société qui n'avait jamais eu la culture du droit d'auteur, il était lui-même conscient que c'était prendre le risque d'hypothéquer ses jours et ceux de sa famille, une véritable smala avec laquelle il avait déjà connu la disette du temps où, justement, il était encore musicien. Plus rien du bar, finalement.

J'observais là une tranche de ma vie grignotée par la conjoncture. J'avais eu envie, en descendant de la voiture, de faire une discrète révérence à ce fleuron de mes années d'enfance, pour tout le bien qu'il m'avait fait. Il m'accompagnait surtout la nuit. Certaines nuits, je lui en voulais à mort de mettre les chansons qui m'enfonçaient et m'empêchaient d'évacuer la douleur d'un amour perdu ou les regrets d'après un acte manqué. Les chanteurs de l'époque faisaient toujours dans la poésie larmoyante, dans le misérabilisme, et l'adolescent que j'étais n'avait rien d'un roc. Je pleurais, évidemment. Ma mère venait quand elle entendait des sanglots. Quand parfois ils étaient noyés dans les décibels, je m'arrangeais pour qu'elle m'entende. Elle me posait alors une kyrielle de questions auxquelles je répondais par un non de la tête, parfois même sans avoir entendu la question parce qu'elles étaient toujours téléphonées et sensiblement les mêmes. Elles faisaient le tour de tous les maux physiques : la tête, le ventre, le dos, le nez qui coule, etc. Ensuite, elle posait sa joue contre la mienne pour avoir la température de mon corps, puis le revers de sa main sur mon cou pour avoir confirmation. Même si je m'y attendais, ça me chatouillait agréablement et me sortait parfois de ma mise en scène. « C'était juste un cauchemar », qu'elle me disait. Elle me couvrait et j'écoutais alors, immunisé, les mêmes chansons avec un autre état d'âme, un incroyable sentiment de sécurité et d'invincibilité.

On héla mon nom, et je fus arraché, par voie de conséquence, à cette salvatrice réminiscence. Des accolades, quelques larmes, des nouvelles des amis et de la famille ont fait oublier les sensations fortes de notre trajet et l'énorme déception provoquée par la disparition du dancing-bar; mais aussi au corps les six heures de décalage horaire entre le Canada et le Congo. J'étais épuisé, lessivé. J'avais peur de le dire parce que la notion de fatigue n'existe pas là-bas, en règle générale. Ils sont convaincus depuis longtemps que Dieu s'adressait aux Africains quand Il avait dit que la vie devait se gagner à la sueur du front ; que nous en Occident, on gagne la nôtre presque le doigt dans le nez. Ils ne comprendraient pas que je commence mon séjour par un caprice de richard. Certains parmi eux n'avaient jamais pris l'avion et leur parler de décalage horaire aurait été du domaine de la science-fiction, surtout que j'avais pris le temps de le couver à Paris pendant mon escale. D'autres ne visaient que la primeur de ce qu'un Occidental avait à dire après des années d'absence et qui confirmerait ou infirmerait tous les racontars entendus ici et là. Cette peur de donner l'impression de me faire prier m'a obligé à faire l'impasse sur le sommeil et à continuer à répondre et à rire de leurs blagues comme si je pétais la forme. Je piquais du nez, de temps en temps mais c'était un détail pour eux. Peut-être même une curiosité de voir quelqu'un du Nord se désagréger séance tenante. Contrairement à mes habitudes, j'ai demandé à être excusé, non sans avoir pris toutes les précautions d'usage. Je montais dans ma chambre, un peu coupable de les avoir comme abandonnés en rase campagne. J'ai dormi finalement, il était 4 heures du matin.

Comme j'aime tous les matins du monde mais à des degrés différents, évidemment, ceux de mon pays d'enfance ont toujours été sublimes et c'est avec cette jubilation-là que j'ai mis le nez dehors pour mon premier matin. Loin de moi l'idée de faire un parallèle avec Paris, c'était différent, à tous points de vue. Intemporel. Il n'y avait plus véritablement de matin là-bas ni de notion de temps comme on la connaissait à l'époque. La vie n'avait plus rien de poétique, de glamoureux. C'était humain. La grasse matinée avait manifestement cessé d'exister, officiellement décrétée fainéantise, une maladie honteuse par les temps qui courraient. C'était presque gênant pour moi de prendre le train de cette vie en marche, à 9 heures et des poussières. Le commerce ambulant était déjà loin et je ne m'en étais même pas rendu compte. Une vendeuse de pains avait, semble-t-il, coutume de passer où j'étais descendu et y laissait presque la moitié de sa marchandise. Une autre qui vendait des feuilles de manioc procédait à la criée au moyen d'une ritournelle. Je voulais aller voir tout ça de mes yeux mais la tradition voulait que je salue d'abord tous mes voisins, que je ne connaissais pas d'ailleurs. Le faire en pyjama aurait été une sérieuse entorse à la bienséance. Vingt minutes avaient suffi à me donner une prestance d'Occidental, que je voulais pourtant éviter.

Je m'étais finalement fait annoncer. Eux, ils étaient prêts, on aurait dit qu'ils attendaient ce geste auquel personne n'échappe dans les mêmes circonstances. Je m'y étais moi aussi conformé. Ce faisant, j'acceptais également de me présenter et de répondre à leurs questions qui peuvent être parfois indiscrètes d'après les renseignements pris. D'entrée de jeu, l'un des deux m'a chaleureusement remercié de penser à les saluer, « alors que là-bas, vous n'en avez que cure, des voisins », poursuivit-il en ponctuant sa phrase d'un « n'est-ce pas » qui me prit par surprise. J'ai simplement acquiescé de la tête, pour tuer le débat. J'ai ensuite répondu aux mêmes questions posées par le premier, du style combien de temps je comptais rester, et j'ai même eu droit à un avertissement : mes deux voisins ne souhaitaient pas que je reste plus que de raison, que je me laisse aller au sentimentalisme car il ne fait pas bon vivre dans ce pays, malgré les premières impressions. C'était à mon tour de les remercier. Même si les acrobaties à l'aéroport pouvaient être symptomatiques de ce que le pays était devenu, je lui accordais tout de même, au pays, le bénéfice du doute. Une bière scella cette première rencontre. Et la grave causerie se changea en un débat beaucoup plus léger. Ils me demandaient par exemple pourquoi je préférais les bières brunes, alors qu'eux, ils raffolaient des blondes, et la bière aidant justement, les blagues qui ont suivi étaient naturellement au-dessous de la ceinture. Ça ne me déplaisait pas de voir la petite teinte de vie chez ces voisins dont je pensais qu'ils tiraient le diable par la queue dans tous les compartiments de leur existence. Mais aussi tout cela allait dans l'ordre normal des choses car c'est de notoriété publique que les hommes entre eux ne peuvent pas passer à côté des histoires de cul, de plus en plus salaces au fur et à mesure qu'ils descendent leurs bouteilles de bière, blondes ou brunes. Je riais, évidemment. Même quand il s'agissait de leur propre femme. Je ne les connaissais pas, c'était donc plus facile. Les maris s'arrogeaient évidemment le beau rôle dans les histoires. Mon voisin de gauche battait l'autre à plate couture quant à la fréquence des rapports sexuels avec leurs femmes respectives, il n'y avait même pas photo. Il tenait là une victoire insignifiante mais qui lui donnait un ascendant définitif sur son ami. Je l'observais en remettre une louche pour mieux clouer au pilori son ami devant un étranger pour cette absolue et impardonnable faiblesse. Il prit plusieurs petites gorgées à la suite pour cacher son embarras. Ils en étaient chacun à leur sixième bouteille. J'étais admiratif devant la passion avec laquelle ils buvaient, devant également la résistance à l'alcool dont ils faisaient montre. Mais ce qui me sembla difficile plus tard, ce fut de poser un regard neutre sur leurs femmes quand je les vis pour la première fois, de retour du marché. J'avais naturellement l'impression de les connaître, de nom et d'Eve. Je savais même jusqu'à qui des deux était la plus performante au lit, la plus exigeante et la plus portée sur la chose. C'était tout de même injuste pour elles de ne pas se défendre ni de donner leur avis sur ces confidences d'oreiller que j'ai considérées tout de suite sujettes à caution étant donné l'état et le contexte dans lesquels elles ont été faites. J'ai pris sur moi pour leur parler sans y penser. Des femmes tout à fait gentilles et inoffensives, finalement. Elles ne buvaient pas. Elles ne fumaient pas non plus. C'était, somme toute, tout à fait normal qu'elles baisent comme des chiennes si elles le voulaient, elles avaient l'énergie pour. Comme c'était encore ma tournée, je leur avais proposé des boisons gazeuses et, par respect, je m'étais assis avec elles pour parler un peu. Une bouffée d'air frais. Elles me racontaient, maternelles, le quotidien de leurs familles, leurs aspirations et les limites de ces mêmes aspirations. Tout cela, en riant et leurs dents d'une absolue blancheur illuminèrent aussi mes pensées. Elles avaient réussi en quelques minutes à dissiper mes appréhensions de départ et à assurer mon cœur de la possibilité, même lointaine, de paix. A faire oublier, par le fait même, l'insoutenable légèreté de leurs maris.

Je n'avais pas encore pris la couleur locale que le jour suivant, je fus interrompu dans mon élan par un drame familial terrible dans le quartier. Un jeune, issu d'une famille polygame et en mal manifeste d'affection paternelle, a massacré toute sa famille, sa mère, sa sœur, ses deux frères et deux de ses cousins qui n'étaient là que de passage. Massacre à la tronçonneuse ou à quelque chose qui y ressemblait. Un vrai carnage en somme. Le quartier était en émoi. Le père, polygame donc, ne venait voir sa deuxième famille que de manière épisodique mais, en retour, pourvoyait à tout ce dont elle avait besoin. Les gens se perdaient en hypothèses, comme d'habitude. Les raisons qu'ils avançaient pour expliquer ce drame étaient superficielles. La famille était d'un certain rang social, donc aisée. Cela écartait définitivement le manque d'attention et d'affection paternelle comme cause de cette folie car là-bas, c'est une notion typiquement occidentale ; qu'est-ce que l'absence du père chez des gens qui mangent à leur faim et dont la maison était même munie d'un système d'alarme ? Le jeune et son ami s'en étaient donnés à cœur joie. La mère avait eu le tort de refuser un peu d'argent de poche à son garçon, chose qui l'a étonné et dont il ne pouvait se remettre qu'en lui donnant une leçon au pilon. Terrible comme fait divers et, comme par hasard, dans le quartier où j'étais descendu. La peur qui m'avait tout de suite habité s'expliquait par le fait que l'occasion faisant le larron, les policiers étaient capables de faire payer les pots cassés à tous les riverains, en commençant évidemment par des gens comme moi qui inspiraient la colère, l'amertume à cause de notre supposé standing. La télé était sur place. Les images disaient l'ampleur du carnage et dans les commentaires, on apprenait que les deux garçons avaient même eu le temps d'abuser de la sœur en vrais nécrophiles parce qu'elle était déjà morte. C'était du non-sens.

La psychose dans les familles. Les gens se sont barricadés dans leurs maisons parce que les deux garçons étaient encore au large et capables du pire. Mon voisin de gauche m'a même conseillé de quitter le quartier le temps que ça se tasse. Les policiers, disait-il, étaient du genre à décider une perquisition dans toutes les maisons, sévir et se servir au passage. Comme ils étaient impayés depuis plus de trois ans, le pouvoir en place n'avait pas d'autorité morale pour en avoir à redire. Ils le feraient donc en toute impunité, au nez et à la barbe des autorités. Mais pendant que je réfléchissais à la logistique de cet éventuel départ forcé, une dépêche annonça l'arrestation des deux fugitifs. Ils n'étaient pas très loin, seulement un quartier plus loin où ils agissaient comme si de rien n'était. Ils étaient en plein farniente, avec chacun deux filles aux bras dans une sorte de fête foraine. C'était d'un cynisme incommensurable. On les a ensuite présentés en boucle et sur toutes les coutures à la télé comme s'il s'agissait de montrer à la communauté internationale que le pays n'était pas en reste dans la lutte contre le terrorisme. Mais il s'agissait surtout de faire peur aux gens qui se hasarderaient à faire la même chose. Le crime dans ce pays étant quelque chose de banal, il y en a une dizaine par minute, au bas mot, c'était donc peine perdue. Cette terrible statistique m'avait paradoxalement apaisé, même si les gens avaient désormais l'indignation blasée à cause de la multiplication des crimes et délits de tout genre. Le danger était tout de même momentanément écarté. Je suis alors tombé d'accord avec mon voisin pour renoncer à mon départ du quartier, ce qui était plutôt une bonne nouvelle.

- Tu ne sais pas à quel point ça me soulage.
- Je comprends, me dit-il.
- Je ne pense pas que tu comprennes à quel point, ai-je répliqué de manière brute.

Il s'approcha vers moi. Il savait que j'avais envie d'ajouter quelque chose, ou même de m'excuser pour cet écart. Il me tapota à l'épaule en me chuchotant simplement « je comprends. »
Comme j'avais peur qu'il pense que je protégeais seulement mes valises, entendez en même temps par là toutes les choses

inutiles et superflues dont nous, Occidentaux, nous remplissons nos valises à l'occasion de nos déplacements touristiques, je l'avais retenu encore un peu parce que c'était plus profond que ça.

- Tu sais quoi, m'étais-je finalement décidé à épancher mes sentiments. Je ne suis pas vraiment d'ici, je ne l'ai jamais été et je ne le serais probablement jamais.
- Mais tu es né ici, non ?
- Oui. Mais mes parents avaient fui la guerre coloniale en Angola et je suis né ici dans la foulée. Comme les Colons portugais montraient quelques signes de faiblesse, c'était une bonne occasion pour le pays de remporter la guerre et d'arracher finalement son indépendance. Mais un problème se posait : il n'y avait pas suffisamment de soldats. Où penses-tu qu'ils s'étaient tournés pour en recruter de force ?
- Ne me dis pas que…
- Si. N'est-ce pas hallucinant ça, d'aller chercher les soldats parmi les jeunes qui vivaient légalement dans un autre pays ? Même s'ils avaient la bénédiction du pays d'accueil, c'était incompréhensible. Nous étions donc forcés d'aller nous cacher, mes frères, mes cousins et moi-même. Tous entassés dans un petit studio.

Nous avions entre douze et vingt-deux ou vingt-trois ans. Sans le droit de sortir, sauf pour aller aux toilettes qui se trouvaient derrière la maison. C'étaient des toilettes turques à l'hygiène on ne peut plus douteuse. Deux de mes cousins avaient la phobie des cafards mais ils n'avaient pas de choix, notre studio en regorgeait. Nous passions, tous, le clair de notre temps à les chasser, à les écraser surtout. Ça n'avait rien d'appétissant mais ça nous occupait, et puis on ne pouvait pas laisser mes deux cousins seuls contre une escouade de cafards. On veillait par solidarité. Les uns avec une babouche à la main, les autres un balai ou toute autre arme de fortune. Les plus jeunes, dont j'étais, avaient plus d'habileté. A la fin de la partie, on battait les autres au nombre de cafards écrasés mais on ne pouvait pas crier de peur d'être repérés.

Cet épisode de ma vie passé dans son pays a bouleversé mon voisin. Il me fera remarquer qu'il n'avait pas beaucoup apprécié la distance et l'indifférence avec lesquelles je le lui racontais.
« Mais que veux-tu ? » lui avais-je simplement répondu comme pour signifier l'absurdité même de l'histoire. Je ne l'obligeais pas à répondre de son pays et de sa faiblesse d'esprit, ni à s'apitoyer sur mon sort et celui de mes frères. Il savait pertinemment que son pays n'était pas à une aberration près, qu'il y avait encore de la place pour des distinctions négatives d'égale envergure. Il était tout de même soulagé d'en apprendre l'issue, surtout le fait que je n'avais pas du sang dans les mains, n'ayant pas été arrêté pour aller leur faire la fête à ces colons de Portugais.
Pendant qu'on parlait, les reportages sur le carnage continuaient de plus belle, avec toutes les interprétations et hypothèses possibles. « N'est-ce pas qu'ils se doivent de protéger l'identité de ces jeunes contrevenants ? Que font-ils de la présomption d'innocence ?» Mon voisin, à qui les questions étaient destinées, avait fait mine de ne pas entendre et pour cause, elles étaient comme insensées. « Attends de voir le procès », m'a-t-il simplement et calmement dit, sans rien d'autre.

Le procès, justement. Un véritable simulacre, un vrai cas d'école. Le jeune, avec son complice, fut jugé par un tribunal de fortune, érigé dans la rue, quelques chaises de bar et une longue table couverte de toile cirée, avec de vrais juges mais les avocats de la défense étaient atones, inaudibles et on leur montrait un sablier pour limiter leur temps de parole. Les questions du ministère public étaient on ne peut plus fermées et tendancieuses. Ils procédaient par chantage pour faire avouer des actes et des intentions qui passaient tout de suite de statut d'allégations à accusations. Les deux jeunes disaient évidemment oui à tout pour éviter la peine de mort. Ils auraient même été capables d'avouer un complot pour renverser le gouvernement en place si la question leur avait été posée. Pas de contre-interrogatoire ni de plaidoirie. Les avocats de la défense s'étaient fait dire qu'il n'y avait plus rien à défendre, que la cause était entendue. Hallucinant, non ? Le greffier ne prenait même pas en note leurs propos. On leur coupait la parole sans arrêt. « Comment osez-vous défendre de tels criminels ?» était la question qui revenait souvent. Et aussi les accusations étonnantes de vivre de l'argent sale et, plus grave, d'être de mèche avec les deux jeunes. C'était à n'y rien comprendre.
La sentence a été lue aux heures de grande écoute. La peine de mort pour les deux. C'était plus une réponse à la volonté du public qui demandait une immolation, à la photo instantanée des sentiments au lendemain du drame qu'un juste disant juridique. Encore un peu, on les aurait lapidés séance tenante. La suite, Dieu seul sait car cet épisode était vite devenu plus un divers qu'un fait, les riverains et les autres avaient jugé plus important de parer au plus urgent, c'est-à-dire à leur quotidien.
Un peu comme eux, je suis aussi passé au superficiel, au devoir obligatoire de demi-touriste que j'étais. Je sillonnais la ville, malgré les avertissements de ma famille. Je souriais de temps en temps. Je m'énervais aussi. Le slogan officiel du pays était l'invitation au changement de mentalité. On pouvait le lire partout sur de grosses banderoles. Très bonne initiative car cela supposait énormément de choses sorties de la conscience

collective, comme par exemple attendre son tour, laisser sa place à une personne âgée, dire merci à un passant qui prend sur son temps pour vous aider à trouver votre chemin, ne plus arnaquer ni voler, respecter les panneaux de signalisation, etc. Vaste programme. Plus je me promenais dans cette grande ville, plus ce slogan perdait de sa substance, les gens se le balançaient comme une insulte ou comme une épée de Damoclès. Un passant sur qui un chauffeur venait d'éclabousser de la boue lui crie de changer de mentalité parce qu'il n'a même pas daigné s'excuser. Ce qui devait être le moteur d'une transformation positive de la société devient tout de suite éculé, délavé et vidé de tout son sens. Ces choses-là s'enracinent dans le cœur même de la population qui découvre subitement qu'elles choquent la bienséance. L'exemple venant d'en haut, tout le monde avait du mal à voir la nécessité collective de ce changement de mentalité. Ceux qui se défendaient de camper sur cette façon de vivre avançaient comme premier argument, et non des moindres, la corruption. Je ne pouvais pas ne pas leur concéder la victoire car nous avions, eux et moi, les mêmes savoirs partagés dans ce domaine. On garde, enfoui, le traumatisme d'une parole malheureuse d'un ancien président de la république qui invitait ses commettants à éviter de vider la caisse quand ils volent, qu'il serait beaucoup plus avisé pour eux de le faire en y laissant un peu, non pas par scrupules mais pour en laisser aux autres. C'était dans un stade bondé. Le président en question avait reçu à l'époque ce qu'il voulait : une ovation debout. Il avait, sans le savoir, donné le la d'une pratique dont la gangrène ne s'arrêtera pas de sitôt. Pire, la corruption avait atteint les mentalités, son irréversibilité aussi.

Mon voisin avec qui je discutais de ces choses-là croyait mordicus dans le changement des mentalités. Il affichait un optimisme que je respectais mais que je n'étais pas encore disposé à épouser.

- Ces choses-là, me disait-il, ça vient, ça va. J'ai confiance dans le peuple congolais. Ce n'est quand-même pas la Russie, ici !

Tous ses exemples tournaient désormais autour de la Russie. J'avais commis l'imprudence de lui dire qu'il n'y avait pas pire que la Russie en matière de corruption. L'idée même que son pays n'était peut-être pas le diable en personne l'avait beaucoup consolé et son amour de la patrie s'en était trouvé solidifié. J'avais personnellement une longueur d'avance sur lui, celle qui me permettait de séparer les simples vœux pieux de véritables intentions saines. Et ce n'était pas rien. Je savais, depuis Coluche, par exemple que certains politiciens mangeraient du cirage pour briller en public. Ils diraient donc n'importe quoi pour se faire du capital.

Une semaine que j'étais loin du Canada. Loin aussi de cette vie à cent à l'heure et de tous ces engagements de terrien à respecter, rendez-vous, factures, réveille-matin compris. J'ai beaucoup parlé aux gens, aux artistes, aux ambassadeurs, y compris celui du Canada, et aussi au citoyen lambda. Je commençais curieusement à bien m'y sentir. Même l'insécurité, pourtant notoire, était désormais un détail.
Je faisais du cocooning pour mon premier dimanche dans mon pays de naissance. Le petit déjeuner au saut du lit, la conversation à bâtons rompus avec des amis, autour des boissons locales et devant la télévision. Dans la cuisine, on s'affairait à rendre mon dimanche plaisant. Au menu, haricots rouges dont je raffole, poisson braisé et bœuf bourguignon qui cuisait à petit feu. Télécommande à la main, je zappais. Je cherchais une émission susceptible de me nourrir l'esprit. La chaîne publique rediffusait une interview politique du porte-parole du gouvernement, de la brosse à reluire évidemment. Sur les autres, les neufs autres restantes, une programmation à vous désespérer de tout, à vous dégoûter même du repas pourtant porteur d'une promesse de succulence. Ce que je voyais dépassait mon entendement d'Occidental. La télé était réservée, de midi à six heures le soir, aux gens qui voulaient insulter les autres et au droit de réponse de ceux qui étaient insultés le dimanche d'avant et qui venaient démentir et tailler un costume à leur mesure à leurs détracteurs. Ça ne s'invente tout simplement pas. On offre la télé aux fous joyeux à l'heure de grande écoute pour les enfants, le seul jour où ils pouvaient la regarder, après la messe. J'étais arrivé après que la normalisation de ces choses-là se fut déjà faite. On s'étonne ensuite que le degré de moralité baisse au pays. On en arriverait même à préférer les jours où il n'y a pas d'électricité dans tout le quartier, c'est-à-dire deux ou trois fois par semaine.
Ils se succédaient, hommes et femmes. C'était à celui qui excellerait en insultes. Tous les coups étaient évidemment permis. Les plus prisés étaient ceux en dessous de la ceinture. Les grandes compagnies, comme les brasseurs et les cigaretiers,

achetaient même du temps de publicité pendant cette tranche horaire de haute poésie car le taux d'écoute ferait l'envie de toutes les chaînes commerciales au monde. Les familles se donnaient rendez-vous devant la télé pour suivre ce feuilleton au goût nauséabond. Celle de l'insulté, je me l'imaginais dans un terrible inconfort, assistant au lynchage cathodique en direct du père ou de la mère, c'est selon. Inutile de dire que l'éducateur en moi était blessé. J'avais perdu l'appétit. J'essayais de comprendre la raison d'être de ce combat de chiens hebdomadaire et, surtout, l'engouement qu'il provoquait dans toutes les couches de la population. J'ai eu envie de retourner chez moi. « Mais où chez toi ?», mes voisins m'ont demandé comme en chœur. Je voulais répondre que j'étais du Canada mais j'ai préféré faire l'économie d'un débat métaphysique et circulaire sur le mode *comment ça se fait que*, etc. J'ai simplement noyé le poisson, avalé ma colère et fait semblant de n'y trouver rien à redire pendant que tout le monde se pâmait devant ces âneries définitives. Comment concilier ceci avec l'invitation lancée à la population à changer de mentalité ? J'ai prétexté une ankylose dans les jambes. Ils me l'ont accordé, pensant peut-être à un effet d'apesanteur causé par ma très longue absence du pays. Je suis allé marcher un peu. Les rues étaient désertes. Évidemment.

C'était une merveilleuse leçon d'insouciance, de je-m'en-fichisme et de nivellement par le bas d'une extrême gravité. Mais au-delà, je ne voyais pas comment tout cela n'aurait pas été orchestré dans un but précis. La distraction comme arme de léthargie massive, d'hypnose collective, c'était du déjà vu mais pas avec une telle adhésion et une telle complicité populaire. L'ancien régime, lui, censurait à tout va, allant même jusqu'à interdire aux musiciens de chanter des chansons romantiques. Mais au moins, il nous épargnait la descente dans les profondeurs de cette inégalable médiocrité. C'était déjà ça.

A mon retour de la marche, j'étais monté faire ma sieste quotidienne. Les murs n'étaient pas insonorisés, je continuais à entendre les bribes de ce qui se disait à la télévision mais aussi à visualiser tout le monde en train de se tordre de rire, de danser sur ces êtres-épaves qu'on dépiécait allègrement en public et dont on jetait aux chiens ce qui leur restait d'honneur.

Ma sieste, salvatrice à plus d'un titre, a été abruptement interrompue par un boucan qui venait de je ne savais où. Des voix, du tam-tam et probablement des maracas dans une harmonie approximative. Notre voisin de la parcelle d'à côté louait son espace à une secte évangélique et, comme c'était dimanche, le jour du seigneur mais aussi le jour du mépris pour les voisins et pour les enfants, ils avaient donné le coup d'envoi d'un tapage sonore d'une rare intensité. J'étais sorti de ma chambre pour m'enquérir de la situation. Je regardais mes voisins et quelques membres de ma famille, attendant d'eux quelque explication. Ils ne bronchaient même pas devant ces décibels qu'on leur offrait en toute impunité et sans aucune forme de contrepartie. L'explication, ils n'en avaient pas et pour cause, il n'y avait pas de quoi fouetter un chat. Ils ne comprenaient pas que je me sois levé en sursaut pour si peu, ne voyant pas la nécessité de m'accommoder raisonnablement tant ils étaient convaincus que cela participait de notre bonheur pendant mon séjour. On lisait le contentement sur leurs visages. Ils étaient tellement heureux et habitués à ces bondieuseries que deux d'entre eux avaient même décidé de faire dans l'impromptu, de composer une mini-chorale, de faire corps avec eux. J'étais ensuite remonté dans ma chambre car on ne se bat pas contre une montagne, contre l'institution que sont les églises évangéliques. Elles sont légion et on ne sait pas toujours les motivations des uns et des autres au moment d'en monter une. Est-ce le désespoir, la profonde conviction que le salut ne viendrait pas de l'homme mais de Dieu ou une autre forme, pernicieuse, d'un mercantilisme éhonté ? Je n'ai jamais voulu le savoir tant les gens étaient volontaires pour se faire confisquer jusqu'à leur âme. Tout ce temps perdu, ces dimanches sacrifiés qu'ils auraient pu passer en vrais pantouflards, cette énergie consentie, et les sommes d'argent dépensées... Et si ce n'était que de la fumisterie ?

Poser la question, c'était déjà un peu y répondre. Je leur accorde, sans me faire violence, que certains d'entre eux sont sincères et véritablement animés par l'idée qu'il y aura un jour un coup de sifflet pour mettre fin à l'intolérable. Et c'est cet arbitre en chef qu'ils implorent, nuit et jour. Mais pour les autres, le doute était largement permis.

J'avais entamé ma deuxième semaine avec quelque sérénité. Il venait chez moi au moins deux ou trois amis toutes les deux heures, des amis d'enfance que ce seul statut imposait comme incontournables. J'ai improvisé une promenade, cette journée-là. A sept dans la rue, on ne passait pas inaperçus. On parle fort, en Afrique. On rit fort aussi. On parlait et riait fort, évidemment. Mais au loin, il se trouvait des gens qui criaient, qui se criaient dessus. On est passés finalement devant eux. C'était du banal pour mes amis. J'ai traîné un peu les pieds. La dispute était d'anthologie et l'endroit devant lequel ils s'apprêtaient à s'étriper n'était pas anodin. Il s'agissait d'une morgue. J'habitais donc presque à côté d'une morgue. C'était assez singulier d'avoir un tel commerce dans le quartier, presque mitoyen. On me dira plus tard que c'était le seul commerce jusque-là rentable dans le pays parce que les gens y mouraient comme des mouches. Je regardais le devant et les abords de la morgue comme une vraie curiosité. Deux familles s'engueulaient. Leurs paroles étaient pratiquement inaudibles mais je voyais très bien qu'il n'y avait aucune amabilité dans ce qu'elles se disaient. Elles étaient dans un état tel qu'il suffisait d'un rien pour en découdre mais une espèce de ligne Maginot les séparait et leur interdisait d'ouvrir les hostilités. Les raisons de la colère étaient assez burlesques, renseignement pris : elles se disputaient la dépouille de l'un des leurs, la responsabilité de la veillée mortuaire, le choix du cimetière, etc. C'était un débat de toute beauté finalement. Intrigant aussi. Je voulais rester deux minutes de plus pour entendre leurs arguments respectifs. La colère étant, jusqu'à nouvel ordre, le manque d'arguments, je n'en avais donc pas entendu qui valaient la peine de justifier ce crêpage de chignon familial. Il y avait sûrement un prestige à retirer dans le fait d'exposer un mort chez soi, qu'il y passe ses dernières heures sur terre, mais je ne savais toujours pas comment l'expliquer car cela engageait d'énormes frais. L'habit faisant le moine, les deux familles ne roulaient manifestement pas sur l'or, loin de là. J'ai passé ma route, les laissant là, dégoulinant de colère sous un soleil incandescent.

Mes jambes, d'habitude ankylosées au Canada, se dégourdissaient. Mais la fatigue se pointait aussi. Mes amis, eux, n'avaient pas de problème, marcher faisait désormais partie de l'un des moyens de locomotion les plus prisés au pays. Ils ne transpiraient même plus, ils continuaient à avaler ces mètres avec quelque insolence. J'étais fasciné, évidemment. Je continuais à prendre sur moi pour afficher aussi quelque vaillance, même si j'avais presque le souffle coupé. Un arrêt devant un terrain de football m'a fait un énorme bien. En fait de terrain de foot, c'était plutôt un espace sablonneux et caillouteux avec deux poteaux acceptables et beaucoup de spectateurs autour, ce qui délimitait le terrain et faisait office des lignes de touche et autres. Les deux équipes avaient probablement une rivalité de longue date, le seul enjeu supposé car il n'y avait ni coupe ni argent à gagner, seul l'honneur pouvait justifier les empoignades plutôt viriles et les noms d'oiseau qui fusaient de part et d'autre. L'équipe visitée marqua un but d'un beau coup de tête et le buteur, dans l'euphorie de son beau geste, alla narguer le staff adverse qui le prit très mal évidemment. Une petite bagarre éclata mais pas pour longtemps. Les gens là-bas vivent dans une sorte d'adversité permanente, dans un darwinisme social où seuls les plus aptes à la bagarre ont leur place. Avant même la fin de la partie, le président de l'équipe qui perdait décida de quitter. En passant devant nous, il maudissait ses propres joueurs, leur promettait toutes les misères du monde et aurait pu les fusiller tous s'il en avait les moyens. J'ai tenté une question. Il m'a répondu en marchant. Il était, selon lui, plus difficile de trouver plus nuls que ses joueurs et après une petite seconde, il lança un terrible : *ils vont entendre parler de moi*. Une menace de cartel pour un match sans véritable enjeu. On siffla la fin sur ce score étriqué. La bagarre éclata, comme on s'y attendait. De l'autre côté de la rue, l'office dominical à la paroisse Saint-Dominique se poursuivait, on entendait l'organiste de service de temps en temps. L'homme, ai-je pensé avec Pascal, a toujours le choix entre ange

et démon, il choisit irrémédiablement de faire le démon comme si c'était inhérent à sa nature. La preuve.
Les cailloux fusaient. Mes amis ont été les premiers à prendre leurs jambes à leurs cous. Je trainais à nouveau les pieds. Pour voir. Voir ces sportifs faire abstraction du fair-play et se transformer, sans transition, en véritables chiffonniers. J'en avais assez vu et ce n'était pas très beau.
La promenade a été, somme toute, agréable et surtout enrichissante. Pour moi.

Une nouvelle nous attendait au retour de la promenade et elle était de taille. Un artiste musicien de renom venait de mourir d'un arrêt cardiaque. La voisine qui nous a appris la triste nouvelle a même eu le temps de trouver que ces décès d'illustres musiciens du pays respectaient un cycle, qu'il en mourait un tous les neuf ans. Elle s'est mise ensuite à s'expliquer. Elle avait raison, les équivalents de Céline Dion, Michel Sardou ou encore Claude Léveillée mouraient dans un intervalle de neuf ans à chaque fois. L'émotion n'a pas confisqué sa raison à cette dame. Elle voulait savoir si je le connaissais. Mes amis ont répondu à ma place, un peu trop sèchement à mon goût. J'ai repris la même réponse en donnant évidemment dans l'émotionnel. « Tu savais donc pour le cycle ?» me demanda-t-elle.

- J'étais ici aussi la dernière fois.
- Vous ne trouvez pas que c'est une coïncidence quelque peu curieuse ! continua-t-elle, sur un ton mi-accusateur, mi-sarcastique, prenant même mes amis à témoin.

Je ne savais que répondre. Mes amis aussi étaient sans voix. Si ça se trouve, ils réfléchissaient aussi à la possibilité que j'y sois pour quelque chose, allez savoir. Ivre de cette grande victoire, la dame enchaina :

- Croyez-moi sur parole qu'on va en entendre parler avant longtemps. Et puis, qu'est-ce que c'est que cette maladie-là ? Ici les gens ne meurent jamais de crise cardiaque, c'est une maladie importée de chez vous, là-bas, n'est-ce pas ?

J'ai répondu oui. Par dépit. Et aussi parce que j'avais grandi avec cette même idée reçue, que c'étaient uniquement les cœurs de riches qui pouvaient lâcher et non ceux de simples citoyens qui n'ont jamais eu d'autres soucis que celui de manger à leur faim. Le stress, la dépression, le burn-out ou encore la schizophrénie étaient des marques déposées ou des appellations d'origine contrôlée dont l'Afrique répugnait à acheter la licence.

Le cycle et cette maladie importée, ça en faisait beaucoup pour la dame. Elle venait malheureusement de jeter les jalons d'une réflexion collective qui pouvait aller dans tous les sens, les plus abracadabrantesques compris. Quelqu'un se cacherait-il derrière ces décès cycliques ? Comment les choisit-il ? A qui profitent ces disparitions ? Ce sont là quelques unes des questions que j'ai imaginées, des questions qui pourraient déchirer tout un pays là où il ne s'agit peut-être que d'un malheureux hasard. « Je vous le dis, moi, ce n'est pas un hasard », renchérissait-elle. Mais elle ne savait pas dans quelles circonstances tout ça était arrivé, même pas si l'artiste est mort de mort naturelle ou s'il a été « suicidé ». La théorie du complot ne tenait pas debout, quand on sait surtout que les artistes dans ce genre de pays vont presque toujours dans le sens du pouvoir dont ils s'engagent à chanter et à matraquer les prouesses supposées, un rôle plus alimentaire qu'artistique.

Toujours est-il que sa mort avait plongé tout le monde, mélomanes ou pas, dans une tristesse profonde. Je regardais tout le pays lui rendre, pendant toute une semaine, les hommages dus à sa notoriété. J'étais content. Mais troublé en même temps. De mémoire de ressortissant de ce pays, je n'avais jamais vu d'hommages rendus à un peintre, un sculpteur, un écrivain ou encore un céramiste ou un styliste. Les musiciens sont les seuls, dans la conscience collective, à incarner l'art. On leur accorde de l'immunité et une honorabilité que la plupart d'entre eux ne méritent même pas. Quand je me pâme d'admiration devant une sculpture d'un artiste de la place, je me fais passer pour un véritable fou joyeux. Mais les gens trouvent normal qu'on encense un chanteur, fût-il mauvais. Enfin, c'était quand même une bonne chose de voir cet hommage pour un artiste musicien dans un pays qui n'a jamais eu la culture du droit d'auteur, même que ce sont souvent les producteurs qui se l'arrogent à l'insu de l'auteur qui, lui, passe sa vie à quémander pour vivre. Cette mort, à cinquante-sept ans seulement, aurait dû amener les gens à réfléchir sur ce problème, sur la place de l'artiste dans cette société qui avait vécu une trentaine d'années dans le culte de la personnalité du président de la république qui accaparait à lui tout seul tous les honneurs qui auraient dû revenir aux artistes, aux sportifs, même aux chercheurs, allez-y comprendre quelque chose. A l'occasion de chaque mort d'une personnalité célèbre, j'avais toujours espoir qu'ils ne feraient pas l'économie d'une bonne réflexion collective mais rien à faire. On passe désormais à autre chose comme on passe et repasse sa chemise. Moi-même compris. Même l'instant n'est plus éternel. Comment pourrait-il en être autrement ? A moins de faire dans l'auto-flagellation mais on pérennise l'instant de bonheur, de tendresse ou même de promesse de bonheur mais pas celui qui nous rappelle un mauvais souvenir, ça va de soi.

Ce matin-là j'avais besoin de deux taxis pour aller à Kitambo, une des vingt-quatre communes de la capitale. Les chauffeurs de taxi avaient unilatéralement divisé tous les trajets par deux, pour gagner deux fois plus d'argent. Mais je tenais malgré tout à y aller. J'avais le devoir d'aller rendre visite à une fille. Elle était belle, un peu café au lait, c'est vrai mais léger sur le lait, ce qui lui donnait un teint inclassable. Elle s'appelait Lauryne et elle avait huit ans. Je ne connaissais pas sa mère. Seulement sa belle-mère avec qui elle et moi on s'entendait merveilleusement bien. Cette dame était étrangère dans ce pays-là. Comme moi. Mais elle en parlait la langue, comme moi. Ce ne serait pas un cliché de dire qu'elle aimait Lauryne comme sa propre fille parce que les circonstances auraient pu dicter le contraire. L'enfant était venue au monde alors qu'elle-même vivait avec le père. Elle est née d'une parenthèse négociée, concertée. Elle lui avait même donné son prénom et c'était difficile de croire qu'elle n'était pas sa fille. Le père était un musicien, un rocker, un authentique. Il avait connu Johnny Halliday et Adamo dans sa prime jeunesse. Il n'a pas eu leur succès, faisant de l'art pour l'art. De retour de ses études en Belgique, il s'était acheté un piano-bar. C'était chez lui, c'était son domaine. Il s'y produisait tous les soirs. Il se faisait plaisir en même temps qu'il gagnait sa vie relativement décemment. Il y chantait ses propres chansons, et aussi celles des autres chanteurs du monde, des coups de cœur dont il était seul maître et ces tubes d'antan participaient de son bonheur personnel. Mais le plus gros succès de sa vie, c'était sa fille. Il l'adorait. Il l'amenait l'écouter de temps en temps. Seulement pour quelques heures. Elle aimait le voir chanter, être une autre personne, respirer une joie extrême. Quand je la voyais le lendemain, elle était prise d'un ver d'oreille, un bout de chanson qui lui collait dans la tête et qui ne la quittait plus. Elle s'excusait chaque fois qu'elle la commençait. Je lui disais que c'était humain, que ça m'arrivait même plus souvent qu'elle parce que je dormais toujours avec la radio allumée. Elle me racontait ensuite ses moments au piano-bar, et aussi ses journées à l'école, avec force détails. J'aimais l'écouter. La voir aussi. Elle ne pouvait pas dormir sans me voir, c'était également mon cas. Je passais donc la voir tous les jours au coucher du soleil, une fois ses devoirs faits. Elle en avait toujours beaucoup mais c'était l'enfance de l'art pour elle, elle s'en débarrassait en moins de deux. Elle me gardait alors un peu de son temps le soir. Je disais bonjour à ses parents et je sortais deux chaises à la véranda. Je lui contais alors des histoires. Elle aimait cet instant. C'était pour elle comme un horizon d'attente de sa journée, son point d'orgue. Pour elle, j'enrichissais mon répertoire de contes. J'empruntais des recueils à l'Alliance française de la place où j'étais abonné. J'en étudiais quelques uns que j'accommodais à notre sauce à nous deux. Je faisais attention de n'avoir que des fins heureuses car je n'étais pas là pour lui empoisonner ses soirées. *Le Petit Poucet, Le Petit Chaperon rouge, Cendrillon* et tous les autres y passaient dans leur version la plus naïve. Mais elle aimait aussi les contes traditionnels, ceux tirés de l'Afrique profonde. Elle se tordait de rire. D'entendre par exemple l'histoire de cette voisine qui a laissé ses enfants à garder à son voisin en lui disant : « J'ai laissé le riz sur la table, tu peux le manger avec les enfants. » Et le voisin, qui a mal compris, mangea et le riz et les enfants.

Mais elle retenait toujours la morale de l'histoire. Et « la morale de cette histoire, comme je lui disais, c'est que tu ne dois faire confiance à personne d'autre qu'à ta famille. Et aussi, tu dois parler clairement, en faisant attention à tes prépositions et conjonctions. » Elle parlait, depuis, très clairement. Elle jouait parfois mon rôle en contant les mêmes histoires à ses parents, avec le même entrain, le même enthousiasme, et en insistant surtout sur la morale.

Ils étaient émerveillés par cette amitié entre une petite enfant de huit ans et un homme qui avait presque trois fois son âge. La société de l'époque le permettait, sans qu'il y ait un voile de suspicion quelconque. C'était une petite fille comme on n'en fait que très rarement. Les rares soirs où je ne pouvais pas la voir, je lui envoyais un message et je me justifiais le lendemain, sans succès. « Je ne t'en veux pas, me disait-elle, mais tu dois

savoir respecter tes rendez-vous. » La vérité est qu'elle m'en voulait toujours un peu. Sauf un jour où il m'était arrivé quelque chose de terrible. Mon absence était due au fait que mon voisin avait lancé de l'huile chaude sur mon chat. Un acte délibéré. Il ne donna aucune explication. Il disait simplement qu'il était militaire, qu'il avait connu pire. Du mépris, tout simplement. J'ai déposé une plainte au commissariat de police. Je lui avais tout dit, à Lauryne, en guise d'excuse. Elle était très émue, en larmes. Elle me dit ne rien comprendre. J'ai eu le temps de pleurer pour la même raison qu'elle : je ne comprenais pas.
« As-tu pleuré ? », me demanda-t-elle. « Oui ». Je ne pouvais pas lui mentir. Ce petit oui sonna dans sa petite tête comme un coup de marteau. Elle se mit à pleurer aussi. J'ai appelé sa mère qui est venue tout de suite la chercher. Je ne savais tout simplement pas comment la consoler. Nous ne nous étions jamais retrouvés dans ce genre de situation. Nos contes avaient presque tous des fins heureuses, drôles, agréablement inattendues. On en était loin. Et puis, quelles réponses aurais-je pu lui donner ? Je ne savais pas pourquoi ce monsieur avait brûlé Pousse, mon chat. Je soupçonnais même qu'il ne le savait pas lui-même. Peut-être qu'il était, victime d'un démon malicieux, en manque de sensations fortes, en manque de vraie guerre où il pourrait mettre le feu à sa guise. Je ne le savais pas. Cette enfant qui écoute mes contes ne peut pas voir le monde autrement que comme un espace où cohabitent les fées, les ondines et autres, où le méchant est toujours puni et ridiculisé avant même qu'il ne pose son acte. Elle ne pouvait pas imaginer une autre fin, je ne lui avais jamais donné l'occasion de voir notre monde sous un mauvais jour. Pour ne pas la désespérer. Aussi, j'avais peur de mettre à mal notre lien de confiance qui n'a jamais reposé sur le mensonge, même celui qu'on fait souvent passer pour mal nécessaire ou qu'on drape de bonne foi.
Je suis parti et la mère, qui était déjà au courant de l'histoire, ne s'en était pas inquiétée outre mesure. Les larmes de cette petite fille étaient probablement les plus terribles de ma vie. Elles

résumaient à elles toutes seules le non-sens de certains actes que l'homme pose comme pour s'aligner sur sa médiocrité originelle. « Mais qu'importe l'éternité de la damnation à qui a trouvé dans une seconde l'infini de la jouissance? », disait si bien Baudelaire. C'était du coup un petit peu plus clair dans ma tête. C'était de la jouissance que ce militaire désœuvré cherchait. Toutes les autres explications du monde ne pouvaient en aucun cas justifier une mauvaise foi aussi prononcée. Lui seul savait.
J'attendais la date du procès pour comprendre ; Lauryne aussi mais contrairement à moi, elle l'attendait comme si elle y jouait sa vie. Elle me testait et me sondait toutes les semaines pour voir si je n'avais pas dilué ma colère. Elle s'arrangeait pour l'alimenter parce qu'elle savait que j'étais capable d'abandonner, de trahir Pousse sous prétexte que ce n'était qu'un animal. Je la rassurais, souvent au détour d'une phrase. Pour une enfant qui connaissait la beauté et le pouvoir des animaux, qui s'était familiarisée avec eux par les contes, il était impossible qu'il n'y ait pas de punition, comme dans le schéma narratif.
Mais deux jours avant le procès, quelque chose d'inattendu était arrivé. Mon voisin était décédé, d'une assez longue et pénible maladie. Cela faisait d'ailleurs plus de deux mois que je ne le voyais plus. J'entendais de ma chambre des cris et des vrombissements de voitures. Je suis sorti pour m'enquérir de la situation. J'ai tout de suite vu la femme du monsieur se rouler par terre. De douleur. Ses amis et membres de la famille s'affairaient à sortir le lit pour exposer la dépouille. J'avais tout compris.
J'avais tout de suite amené la nouvelle à Lauryne. J'affichais un rictus en la lui annonçant, convaincu qu'elle allait considérer cela comme l'inévitable punition qu'on réserve aux méchants dans tous les contes. « Il ne faut jamais se réjouir de la mort de quelqu'un, il ne faut pas », me cloua-t-elle presque le bec. J'étais évidemment surpris de la virulence de ces propos et de la voir comme ça prendre parti pour quelqu'un qui nous dégoûtait, qui avait failli mettre à mal notre bonheur commun. C'était une douce trahison que je lui avais pourtant tout de suite

pardonnée. La conséquence, c'est que je ne pouvais plus lui dire, de peur de la blesser, ce que j'en pensais, que certaines morts étaient nécessaires, qu'il y avait des hommes qui ne convenaient pas à notre planète ? Je lui aurais parlé d'Hitler par exemple, ou d'Idi Amin, et aussi d'autres hommes qui ont pris plaisir à tuer leurs pairs pour la rigolade.
Je lui accordais qu'elle avait raison que j'avais, en arrivant, une mine de contentement qui aurait choqué plus d'un en pareilles circonstances. Je ne me réjouissais pas du tout de la mort de quelqu'un, loin s'en faut ; je n'en étais pas non plus ému outre mesure car c'était quand même un criminel et justice avait été, pour ainsi dire, rendue. Elle connaissait le pouvoir de la force immanente, on en parlait souvent. Elle gardait aussi l'idée qu'il fallait respecter les morts.
Quelques jours après cet incident, dans la foulée de notre routine quotidienne, elle avait fait un geste que je ne suis pas prêt d'oublier. Avec la complicité de ses parents, elle m'avait offert un petit chat. Il était marron, beau comme tout. J'ai pleuré. Pour le geste et pour ce petit chat mignon. Ses parents voulaient sans doute aider leur fille à évacuer quelque chose qui lui restait en travers de la gorge, à se décharger d'un poids qui la rongeait chaque fois qu'elle voyait Bigoudi, son propre chat.

- Tu vas l'appeler Pousse, d'accord ? me somma-t-elle.
- Oui, je vais l'appeler comme ça, Pousse.

C'était Pousse, comme l'autre, pour mieux l'oublier. Jamais le sens d'un cadeau n'aura été aussi profond, aussi lourd. J'étais sans voix. Avec mes yeux mouillés, je lui ai dit merci.

- Sors sa litière, me dit-elle d'un ton encore une fois faussement impératif. Tu dois lui donner beaucoup de lait, c'est encore un bébé.

Je m'étais évidemment exécuté. Ses parents nous observaient, admiratifs. Ils étaient venus chez moi pour la première fois. Ce

chat est venu à nouveau sceller notre amitié naguère malmenée par un geste fou d'un militaire fou, et notre bonheur enfin retrouvé. Que de souvenirs…
J'aurais pu m'arrêter là et ma vie aurait été un rayon de soleil permanent, ce voile d'invincibilité et d'impassibilité avec lequel cette amitié l'avait couverte. J'aurais pu supporter relativement facilement toutes les pesanteurs et les décalages de ma vie dans un pays qui n'avait que ça comme perspectives. J'aurais pu faire l'impasse sur toutes les autres relations terrestres, insipides et aériennes par nature. J'aurais pu frapper d'absolue inutilité toutes ces notions de réussite et d'échec personnel et professionnel, tous ces objectifs à atteindre, ces expériences à vivre. J'aurais pu. Mais… Lauryne est morte. Elle avait huit ans. Elle s'était plainte d'un étourdissement le soir. Elle avait pris la moitié d'une aspirine. Ses parents l'avaient envoyée se coucher. Elle ne se réveilla pas. Le comble de l'incompréhensible.
Personne n'avait voulu m'annoncer la nouvelle tout de suite car je venais de perdre ma mère quelques semaines auparavant. Dans certaines de leurs médisances, il se disait que j'avais fait un transfert vers cette petite fille. Je n'en savais rien. Peut-être que c'était vrai mais ces choses-là ne se décrètent pas, à ce que je sache. Je n'avais pas non plus envie de me défendre contre des supputations ou même des quolibets par rapport à mon amitié pour cette petite de huit ans. Toujours est-il que je l'aimais profondément, qu'elle me fascinait, qu'elle m'intriguait aussi par son intelligence. Je ne pouvais pas encore imaginer ma vie sans elle, sans notre rendez-vous quotidien sur sa véranda, avec ou sans jus de fruit. A deux, nous ne subissions pas le monde, nous essayions de le contenir, de le recréer, de vivre avec, certains jours, mais sans jamais lui concéder la moindre parcelle de notre félicité. Nous étions deux enfants faisant une lecture naïve de la société que nous avions trouvée, de ses travers et de son avenir on ne peut plus douteux. Mais cette même société venait d'avoir raison d'elle car on ne meurt pas comme ça, gratuitement et à huit ans, c'était d'une injustice révoltante.

Je ne savais pas quoi penser de son décès, j'en étais incapable. Je choisissais, parmi les idées noires, celle qui me rapprocherait d'elle, c'est dire. Je ne pouvais pas éviter un certain sentiment de culpabilité voulant que je l'aie laissée mourir sans rien faire, même que j'étais loin. Le parallèle avec le décès récent de ma mère se faisait de lui-même. Le sentiment de solitude, d'abandon et la peur irraisonnée d'être poursuivi par un sort quelconque m'avaient entièrement envahi. Avec elle, j'avalais les jours les uns après les autres sans penser aucunement à mes angoisses et à mes tourments personnels. Ils n'existaient même plus. Mais tout ça était fini.

Après la morgue, son corps était exposé pour la veillée. Sur la véranda, celle-là même où je lui contais des histoires et où elle avait connu, selon les dires de ses parents, les heures les plus délicieuses de sa vie. C'était également mon cas.

Je n'arrivais toujours pas à y aller, je ne le voulais pas non plus. Ce n'était pourtant pas faute d'essayer. Cinq minutes seulement séparaient sa maison de la mienne. J'y suis allé au moins cinq fois sans arriver. Je rebroussais chemin à chaque fois. Peut-être parce qu'au fond de moi, j'attendais que quelqu'un vienne me dire que ce n'était pas vrai, que ce n'était qu'un poisson d'avril au goût douteux, quelque chose du genre. J'avais répété deux nouveaux contes, ce n'était pas le moment de me faire ça !

Notre maison, qui était déjà grande, l'était devenue encore trois fois plus. J'ai allumé la radio pour attendre les communiqués nécrologiques. Ils passaient deux fois par jour, à dix heures le matin et le soir à cinq heures. Ils duraient chaque fois une heure parce que dans ce grand et riche pays, ça mourait à tout bout de champs. Cela m'arrivait souvent de les écouter, le même texte mais avec quelques variantes. Quand je reconnaissais la famille éprouvée, je répandais la nouvelle parce qu'à l'époque, les téléphones étaient réservés aux nantis.

J'avais éteint aussitôt la radio pour une raison qui n'était pas simple. Pendant toute la durée des communiqués, une très belle et triste chanson jouait en fond sonore. C'était toujours la même depuis des années. Elle avait été écrite et chantée par nul

autre que le père de Lauryne. C'était une souffrance terrible d'entendre l'annonce de la mort de cette fille sur fond de musique de son propre père.
Je n'y étais finalement pas allé ce jour-là. Nuit blanche et courbatures mentales ont été au menu de ma première nuit sans Lauryne, sans la pensée que j'irais m'oindre de son aura, de son intelligence, de sa nature de « petite fille sans histoires et très sage. » Une nuit sans ma mère et sans Lauryne, je n'avais jamais voulu savoir à quoi elle ressemblerait. Je le savais désormais. Un vide abyssal. Une complète agueusie, doublée d'un sentiment d'inutilité.
Au deuxième jour de la veillée, je n'y étais toujours pas allé. Le compte à rebours avant la mise en bière avait commencé. Je ne pouvais pas ne pas la voir avant son départ. Je n'étais pas encore prêt à prendre sur moi pour le faire. C'était l'un des moments les plus difficiles de ma vie, les plus dangereux aussi. Ses parents n'auraient pas compris que je ne me montre pas, que je ne vienne pas témoigner de mon indéfectible amitié pour leur fille. Tous les discours que j'aurais tenus après n'auraient pas suffi à me dédouaner d'une faute aussi grave. Je m'étais finalement fait violence. Je traversais ma rue et je jugeais tous les regards inquisiteurs que les gens posaient sur moi. Me reprochaient-ils d'avoir démissionné de l'amitié dont j'ai vécu, dont la sève me vivifiait et donnait à mes jours une couleur plus fluorescente ? Je ne pouvais pas répondre à la question qu'ils ne me posaient pas. Toujours est-il que j'avais l'impression que tout le monde me fixait des yeux. J'avançais, la tête baissée, sans aucun rythme dans mes pas. Le battement de mon cœur redoublait au fur et à mesure que je m'approchais de Lauryne, de son petit corps inanimé. Le calme de l'endroit m'avait étonné. Il y avait comme un silence de cimetière, si je puis dire. Les pleurs étaient toujours intermittents, de toute façon. Mais j'aurais préféré un peu de vacarme pour me confondre dans la foule, ne pas attirer l'attention sur mon arrivée. C'était raté. J'étais l'attraction. J'ai été aussitôt envahi par une dizaine de personnes. Je ne les distinguais pas, je ne sais toujours pas

aujourd'hui qui elles étaient. Elles pensaient que j'avais besoin de soutien. Elles n'avaient pas tort. Je n'avais pas encore vu le corps mais le concert de cris et de pleurs avait suffi pour que je tombe en syncope. On m'aspergea de l'eau sur le visage. On ne fait le bouche à bouche dans ce pays qu'en dernier ressort parce que ce n'est pas toujours bien vu, surtout quand il s'agit de deux personnes de même sexe. Et puis tout le monde ou presque avait la bouche un peu pâteuse à force d'avoir pleuré et ça n'aurait pas été hygiénique, au mieux, de recourir à cette technique pourtant d'une efficacité notoire. Quand je suis revenu à la vie, tous les regards étaient rivés sur moi. Ceux qui ne me connaissaient pas s'étonnaient de voir un étranger s'oublier comme ça, jetant probablement un doute sur ma masculinité. Ils s'étonnaient aussi de voir la place que j'occupais dans cette famille. Je m'étais ensuite frayé le chemin jusqu'au lit où dormait Lauryne. Elle avait l'air de me regarder, de me parler. Malgré le temps, elle était magnifique, ce qui avait ajouté à l'intensité de ma douleur. J'ai embrassé sa mère. Elle me disait des choses que je ne comprenais même pas. On est restés longtemps dans les bras l'un de l'autre. La gravité du moment avait inévitablement entraîné les autres dans la tristesse et, comme il fallait s'y attendre, tout le monde pleurait à nouveau à gorges déployées. J'ai fait ensuite une accolade rapide au père. Il était détruit. C'était la première fois que je voyais la ressemblance avec sa fille. Il avait mis sa fierté et tout le reste de côté pour pleurer de toutes ses forces, assis par terre. Je m'étais penché à presque quinze centimètres du corps de Lauryne, « pourquoi, lui ai-je dit, m'as-tu fait ça ? » La pauvre ! Ce n'est pourtant pas elle qui m'avait fait ça, elle n'y était absolument pour rien. Quelqu'un avait probablement estimé que ce n'était pas nécessaire qu'elle vive, que les gens qui l'aimaient pouvaient faire sans.

Quelqu'un est venu me relever, je ne savais pas qui mais ça n'avait aucune espèce d'importance. Je suis allé m'asseoir à côté de la mère, par terre. Le père, lui, a fait quelque chose d'inattendu. Il avait pris sa guitare acoustique, le plus

calmement du monde. Il s'était alors mis, pour sa fille, à chanter la célèbre chanson support des communiqués nécrologiques. La plupart des gens qui étaient là ne savaient même pas qu'il en était l'auteur. C'était un moment d'anthologie. A part lui qui chantait, le silence était de cathédrale. On écoutait tous la chanson. Elle était en dialecte mais je me l'étais fait traduire un jour parce que je voulais savoir ce qu'elle disait. Elle disait l'impuissance de l'homme devant la mort, l'injustice de voir les gens qui s'aiment se quitter abruptement. Elle disait exactement notre situation, notre impuissance devant la mort de cette petite qu'on aimait tant.
On l'inhuma. Le père ne lui avait pas survécu. La mort de sa fille avait sonné le glas de sa propre vie. Il ne s'en était jamais remis, malgré la musique. Certaines souffrances ne peuvent pas être solubles dans la musique ni dans aucune autre forme de consolation artificielle.

J'allais donc au cimetière de Kitambo voir la tombe de la fille et celle de son père, enterrés côte à côte. Les deux étaient introuvables. J'avais passé plus de deux heures à chercher, parfois à débroussailler un peu pour lire les noms ou les numéros mais sans succès. Je me suis décidé à aller demander l'aide du surveillant. Je lui ai graissé la patte, comme c'était la coutume dans ce pays, il aurait sinon continué à faire la sourde oreille.

- Dans quelle allée votre enfant a été enterré ? me demanda-t-il avec quelque détachement, convaincu que la fille dont je parlais était mon enfant, et cela ne me déplut pas.
- L'allée 12b, monsieur.
- Je suis désolé mais l'allée 12b a été achetée par deux familles, d'où les deux petites mausolées qui sont là.
- Mais où sont les tombes qui étaient là ?

- Elles dataient quand même d'au moins vingt ans, monsieur ; en plus il n'y venait plus personne pour les entretenir, si vous voyez ce que je veux dire.
- Non, monsieur.
- Je suis désolé pour votre fille mais toutes les tombes ont été jetées. Ne me demandez pas où parce que je ne le sais pas.

C'était vrai, il ne le savait pas. Ainsi donc se termine cette histoire, dans l'absurdité la plus totale que seuls savent fabriquer les pays où le pouvoir absolu est détenu par quelques familles, « quelques députés et ministres », au mépris des autres, même de ceux qui sont morts. C'est dire. Le respect des morts que Lauryne tenait pour non négociable, les autres pissent dessus en chantant. Triste.

Marché central. J'ai rencontré Maddie, comme par hasard. Elle ne se souvenait plus de moi mais moi, je n'avais pas beaucoup de difficultés à la reconnaître. Elle me regarda avec circonspection quand je la saluai avec l'enthousiasme naturel des retrouvailles. Il faut dire qu'il s'était passé une vingtaine d'années depuis la dernière fois. Nous n'étions plus les mêmes, évidemment. Je portais le poids des années, elle aussi probablement. Je me suis présenté, sans même aller loin, elle enchaîna les « Mon dieu », émue comme je ne l'avais jamais vue auparavant. Elle eut un peu honte de son attitude. Je m'empressai de la féliciter pour cette même attitude, « par les temps qui courent », avais-je eu le soin d'ajouter. Mais elle tenait absolument à culpabiliser, à s'excuser pour une faute qui n'en était même pas une, en y réfléchissant.

« Si je savais, m'a-t-elle dit comme pour se débarrasser de quelque gêne, j'aurais mis ma plus belle toilette. » Nous étions encore dans le contenant. Je voulais, moi, savoir ce qu'elle était devenue, combien d'enfants, un mari et tout le toutim. Elle me fixa encore une fois des yeux et laissa couler une larme qu'elle s'empressa d'essuyer. Quel sens donner à ce geste a priori banal ? Elle s'excusa pour cette faiblesse. Ça faisait déjà plusieurs excuses en deux minutes. Je ne parlais pas, par peur d'être maladroit. J'attendais simplement qu'elle se remette. J'ai ensuite aligné deux trois platitudes dont je ne me souviens même pas aujourd'hui. Elle a ri de toute sa beauté, de toute sa personne. Maddie était une handicapée, elle boitait lourdement. Mais elle était magnifique. Un joli minois, un joli sourire aussi. Elle avait des seins de rêve à l'époque. Comme elle se penchait à chaque pas, le mouvement de son corps dévoilait sa poitrine certains jours. Je ne me gênais pas évidemment pour zyeuter de ce côté-là. J'étais assez habile, suffisamment habile pour respecter le timing entre mon regard et le moment où elle se relevait, pour ne pas être vu. La première fois que je l'avais vue, elle était avec une dizaine d'autres filles de son université, aussi belles les unes que les autres mais Madeleine avait quelque chose que les autres n'avaient pas, elle dégageait quelque chose de singulier. Elle m'avait troublé, désarçonné. Au fur et à mesure que je fréquentais le groupe, c'était devenu clair qu'elle m'intéressait. Elle m'envoyait elle-même le signal d'une parfaite correspondance entre elle et moi. Son regard avait changé. Ses yeux trahissaient nos transports respectifs naissants. On s'aimait, visiblement. Par respect pour elle, je ne voulais pas donner l'impression d'être très porté sur la chose. Je l'aimais, avant tout. Et je le lui avais dit, finalement. Elle m'avait dit non tout de suite, sans même réfléchir ni me donner le temps de dire pourquoi je l'aimais, de lui sortir l'artillerie lourde dont les hommes font usage de manière éhontée dans les circonstances. Elle a simplement dit non. C'était incompréhensible après les appels du pied de part et d'autre. Je ne dormais plus très bien, ma première et ma dernière pensée allaient vers elle. Je lui glissais de temps en temps une lettre dans sa serviette de cours mais elle n'y donnait pas suite. On se parlait et n'en faisait même pas cas, à croire qu'elle voulait voir ce que c'était que de faire souffrir un homme. Les autres filles du groupe avaient l'air visiblement frustrées par mon indifférence. Elles étaient pourtant gentilles, drôles aussi par moment. Mais Madeleine avait comme confisqué mon cœur et sa capacité de battre pour quelqu'un d'autre.

Le jour où elle m'avait invité à lui rendre visite dans la maison de ses parents, j'étais très ému. Je pensais que c'était une façon d'officialiser, sans le dire, notre union. Non, c'était seulement par amitié. C'était somme toute une fille rangée, bien élevée. Ses parents m'avaient malheureusement trouvé un air de dandy, un compliment sous forme de cadeau empoisonné là-bas, une vraie fausse qualité qui sert souvent des intérêts pas très nobles. Madeleine avait fait la moue mais elle ne pouvait pas se permettre d'exprimer son point de vue, le respect pour les parents dans cette culture n'était pas relatif, il était absolu. J'étais content de la voir prendre ma défense, même si c'était de manière sournoise. Cela m'avait inspiré de l'espoir, quand bien même l'entrée dans l'intimité de sa maison avait fini avec un léger couac. J'avais remercié ses parents pour leur accueil avant de prendre congé. Madeleine m'avait raccompagné à l'arrêt d'autobus. Je lui avais répété que je l'aimais, que j'étais capable de donner un autre air que celui de dandy, de séducteur, en somme. Elle m'avait souri, avant de me clouer au pilori :

- Tu sais, je n'ai pas changé d'avis depuis la dernière fois.
- Mais tu ne m'as jamais dit pourquoi !
- Tu sais pourquoi mais on en parlera un jour.
- Mais c'est maintenant que je t'aime, moi, je veux que tu m'aimes aussi.

Je n'avais jamais réussi à la convaincre. Je m'y étais fait. Mais je continuais à espérer qu'un jour, elle se pointerait et me sauterait au cou en signe d'un amour définitif. Cela n'arriva pas et je ne sus jamais pourquoi. Nous nous étions perdus de vue par la suite, probablement parce que je savais qu'elle n'allait pas changer d'avis et que j'avais décidé, la mort dans l'âme, de ne plus la voir.

Quelques tranches de vie à gauche et à droite plus tard, nous revoilà mais dans un contexte complètement différent et atypique.

- La larme que j'ai essuyée tout à l'heure, commença-t-elle de but en blanc, c'est que j'ai toujours pensé à toi durant toutes ces années, à ces actes manqués entre nous, à ce qu'aurait pu être ma vie avec toi si je l'avais voulu.

Pendant qu'elle parlait, je l'avais invitée à nous éloigner, parce que les gens qui passaient nous bousculaient, sans demander pardon, évidemment. Je voulais la prendre par la taille comme pour marcher jusqu'à un endroit plus calme mais je ne voulais pas ajouter du flou au terrible déchirement qu'elle vivait déjà. Je me disais aussi que sa vie n'aurait pas été autre chose que ce qu'elle est, qu'elle m'accordait peut-être beaucoup trop de vertu.

Puis, elle enchaîna, dès qu'on avait pris place sur la première terrasse :

- Je suis une femme mariée, comme tu peux voir. Si tu me poses la question de savoir si je suis heureuse, je te dirais tout de suite non mais mes parents l'étaient et c'est l'essentiel. Je l'ai rencontré lors d'une fête familiale, ses premières phrases étaient qu'il voulait m'épouser. Soit il ne savait pas courtiser une femme, soit il s'était déjà arrogé des droits grâce à la bénédiction de mes parents. On ne s'est réellement connus qu'une fois ensemble et c'est ça mon erreur. Mes parents qui le connaissaient ne m'avaient pas dit qu'il buvait comme un trou, qu'il buvait tout ce qui pouvait se boire dans les boissons alcoolisées, avec une préférence pour les artisanales dont certaines ont jusqu'à 90% de taux d'alcool, comme tu le sais. Ils pensaient que le mariage l'aiderait à changer, que je l'aiderais à changer, en somme. Ils n'imaginaient probablement pas l'énergie qu'une telle entreprise pouvait demander. Voilà où nous en sommes. Il ne travaille que de manière épisodique car dans son état, il est à peu près incapable de constance. Cela fait près de vingt ans qu'on tire le diable par la queue, vingt ans, toutes les années où j'aurais pu vivre et profiter de la vie avec toi. Mes parents sont morts depuis. C'est le seul changement dans ma vie.
- Mais pourquoi restes-tu avec lui ? lui avais-je demandé, sans même présenter les condoléances pour le décès de ses parents.
- Je ne sais pas. Peut-être que dans ma condition…

Je l'avais tout de suite interrompue. J'ai haussé un peu le ton en lui faisant remarquer que je n'aimais pas ce discours-là à l'époque où je courais après elle, je ne l'aime pas vingt ans plus tard. Elle n'avait plus la beauté de ces années-là, on pouvait désormais remarquer le fait qu'elle boitait mais ce n'est pas ça qui fait l'homme ou la femme dans son cas. J'ai tenté deux trois blagues mais leur insipidité n'a pas arrangé les choses. Elle commença à pleurer. J'enchainais entretemps quelques lieux communs du style on a tous des choses qu'on regrette, qu'on ne finira jamais de regretter, moi en premier. Nos décisions de vie ne sont pas toujours avisées. « Tous les rêves qu'on diffère pour ne pas déplaire, qu'on a décalés jusqu'à l'impossible par devoir, tout ça, Maddie, ça peut rendre un homme malheureux », lui avais-je dit, un peu sec.

J'ai essayé par la suite de noircir le tableau en me faisant passer pour quelqu'un de pas si heureux que ça mais les apparences étaient contre moi. J'étais en véritable tenue d'apparat, costume et chaussures pimpant neufs, une montre et des lunettes de soleil faisant plus dans l'ostentation qu'autre chose, sur mon trente et un quoi ! Le contraste était honteusement saisissant. L'air de nabab que je dégageais rendait les retrouvailles quelque peu lourdes. Je descendais mes verres de jus d'orange avec quelque célérité pour dissimuler ma gêne.

Elle voulait ensuite en savoir un peu plus sur ma vie en occident. Elle avait accepté de se faire mal ou peut-être de visualiser ce qu'aurait pu être sa vie si elle ne m'avait pas opposé un non catégorique. J'ai voulu botter en touche, lui parler de la neige et du verglas au Canada, du système d'éducation, de ces élèves qui ne respectent pas toujours leurs enseignants, tout ce qu'il y a d'impersonnel. Mais au lieu de rebondir sur ce péché définitif pour un Africain qu'est le non respect pour un enseignant, il voulait à la place que je lui parle de ma vie privée, de ce que je faisais, de ma vie quoi !

- Tu sais, il n'y a pas grand-chose dans ma vie. Un peu comme tout le monde, le traintrain quotidien, des joies, des peines…
- Plus de joie que de peine, plutôt ?, m'interrompit-elle.
- Tout est relatif, Maddie.
- Concrètement ?

C'était une véritable inquisition. Elle voulait absolument voir le contraste entre nos deux vies pour mieux détester la sienne et s'autoflageller. Je ne pouvais pas non plus pousser l'ascèse jusqu'à m'habiller en gueux pour éviter de froisser les gens. Je me suis mis alors à lui parler de ma vie au Canada. Elle avait de temps en temps des moments d'absence pour visualiser ce que je lui disais. Elle m'a regardé dans les yeux avant de tirer une conclusion définitive et sans appel :

- Tu sais quoi, tu as vraiment une belle vie.
- Si tu le dis.

Nous nous étions finalement quittés. Je lui avais promis que je passerais la voir mais c'était une promesse de touriste qui a trente-six mille autres choses à voir, le genre de promesses qu'on écrit souvent à la craie.

Déjà trois semaines que j'étais en vacances. Le pays était décevant mais ça ne gâchait pas mon séjour. Ce qui m'arrivait là-bas me confortait dans certaines de mes convictions et il arrivait un non-sens pratiquement tous les jours. Mais la normalisation de ces absurdités officielles et autres empêchait certains de les remarquer. D'autres étaient tout simplement blasés, résignés. Plus rien ne fonctionnait. Les gens au pouvoir étaient prêts à tout pour le garder, même si la situation allait de mal en pis depuis une trentaine d'années. Toute velléité démocratique est tout de suite étouffée. Le seul espace démocratique que j'y aie vu était, curieusement, les abords des kiosques à journaux. En fait de kiosques, c'étaient plutôt des étals, parfois même des échantillons de journaux étalés par terre. Comme les gens n'avaient pas les moyens de s'en payer, ils venaient s'accroupir et lire quelques pages généreusement étendues. Il se formait ensuite de petits attroupements autour du marchand et on y discutait politique. Je m'étais accroupi moi aussi, comme une espèce de droit d'entrée dans ce cercle démocratique par excellence. J'étais surpris d'entendre des discussions de très haute facture. Ils pourfendaient tous la politique menée par le gouvernement, les décisions sur les enjeux nationaux, etc. La dernière décision en date qui faisait ce jour-là l'objet d'acerbes critiques était que la présidence avait unilatéralement décrété héros national un de ses conseillers spéciaux disparu une semaine auparavant. Cette démocratie de la rue n'était pas du tout d'accord et elle avait de bonnes raisons de ne pas l'être. Les Congolais de la diaspora n'avaient pas compris cette décision non plus car une personne seulement sur mille connaissait le conseiller en question et personne ne pouvait citer la moindre contribution majeure de ce héros national au pays. Chaque fois que la discussion dérapait, il s'en trouvait toujours un pour ramener tout le monde à l'ordre. Il n'y avait aucun doute que c'étaient des intellectuels. De la dizaine, il y en avait qui représentaient le parti au pouvoir, deux étaient restés fidèles à l'ancien régime et les autres étaient des sympathisants de l'opposition. Ils s'empoignaient. Dans le respect des uns et des autres. Un sujet en appelant un autre, l'un d'eux prévoit qu'il y aura bientôt une opération ville morte. Il enchaina tout de suite en disant qu'il n'en était pas à sa première prédiction et qu'il avait à chaque fois raison. Le débat était clos. Mais certainement pas pour moi. Je me suis approché du groupe pour qu'il m'ôte d'un doute.

- Journée ville morte, disiez-vous ?
- Oui mais qui êtes-vous ? me demanda le fameux diseur de bonne aventure.
- Je suis seulement un observateur.
- Ça n'existe pas, des observateurs. De quel côté êtes-vous ?

Je ne savais que répondre. Voulaient-ils savoir de quel côté de l'hémicycle je m'asseyais ou de quel parti je venais défendre les couleurs ? Ils attendaient tous ma réponse comme un renfort au parti choisi. Je m'imaginais quel genre d'arguments chacun d'eux m'aurait donné pour mériter mon adhésion. L'ancien régime était le plus mal en point, c'est à cause de lui que le pays était dans cet état de décrépitude avancé. Au pouvoir pendant trente-deux ans, il avait réalisé l'exploit de détruire le pays physiquement mais aussi mentalement, de le rendre sans foi ni loi. Le parti au pouvoir, lui, n'avait pas grand-chose non plus à faire valoir. Il n'arrivait toujours pas à dépasser une barre placée pourtant plus bas que terre par la médiocrité notoire de ses prédécesseurs. Quant au parti d'opposition, autant dire qu'il n'existait pas ou si mais le manque de profondeur et de réalisme de son message l'ostracisait depuis au moins deux décennies. Je n'avais absolument rien de consistant à me mettre sous la dent.

- Je serais indépendant, leur avais-je subitement dit.

Celui qui était symboliquement au perchoir hésita mais accepta quand même l'idée que ça puisse exister, les indépendants. Je faisais alors partie intégrante de ce haut lieu de démocratie mais qui avait l'unique péché de manquer de femmes. Le gars qui avait prévu une journée ville morte s'était rappelé ma question et s'était senti une liberté d'éclairer ma lanterne d'indépendant.

- Ne cherchez pas, commença-t-il, les raisons d'une telle décision car entre nous, il n'y en a pas et il n'y en a jamais eu.
- Mais il y aura bien journée ville morte, vous disiez ?
- Oui mais c'est simplement pour le pouvoir une façon d'étouffer dans l'œuf toutes les velléités, de montrer aux gens que le moindre geste de contestation peut être sévèrement réprimé.
- Mais c'est de l'intimidation pure et simple, non ?
- Non, ça s'appelle de la realpolitik, de la répression préventive, si vous voulez. Inutile de compter les journées ville morte décidées par l'ancien régime dans les dernières années de son règne.
- Certaines s'étaient même soldées par le sang.
- Oui mais pourquoi poser la question si vous le saviez déjà ?

En fait je le savais mais l'idée même d'y penser ravive souvent un traumatisme en moi. C'était en 1994. Le pouvoir, qui avait pris sur lui pour autoriser le multipartisme, commençait à chanceler. La démocratie hésitait à naître et la répression était la chose la mieux partagée parmi les autorités. Et puis, un jour, elles décidèrent d'instaurer une journée ville morte. Sans véritablement de raison, simplement pour faire de la prévention, intimider ceux qui se hasarderaient à s'engouffrer dans la brèche ouverte par cette obligation de démocratie.
Entre autres restrictions de la journée ville morte, personne n'avait le droit d'aller travailler, à moins d'y être obligé, ceux qui travaillaient par exemple dans les services essentiels. C'est peut-être leur accorder un peu trop de vertu car le seul service essentiel à leurs yeux, c'était garder le pouvoir, même si cela en coûte aux autres. Mon ami Benny était parmi les gens dont on

ne pouvait pas se passer au travail, il y était indispensable. Les rues étaient désertes. Seuls les hommes et femmes en uniforme de toutes sortes avaient droit de cité. Ils pavanaient, armés jusqu'aux dents et à l'affut d'un moindre geste jugé de trop, à tort ou à raison. Ils contrôlaient à tout-va. Benny arborait son badge et sa permission de circuler à la boutonnière. C'était visible parce que fluorescent. Comme les autobus et les taxis ne circulaient pas, il marchait. Il était chanceux de n'être qu'à une heure et demie de marche de son lieu de travail. Et puis, malgré son badge et sa permission, trois gendarmes l'avaient arrêté pour un contrôle d'identité. Il n'avait absolument rien à se reprocher. Il s'en allait travailler pour le bien du pays, son service était des plus essentiels. Les gendarmes l'avaient tout de suite compris, ils lui avaient même serré la main en l'invitant gentiment à circuler. Mais ensuite, il arriva quelque chose d'absolument d'horrible. Le traumatisme dont je parlais venait de là. L'un de ces trois gendarmes se retourna et héla mon ami Benny, déjà à quelques vingt mètres d'eux. Benny s'approcha. Le gendarme dégaina son arme. Contre absolument toute attente, il lui tira dessus. Incompréhensible. Il se retourna à nouveau pour rejoindre ses pairs. Ils avaient continué à marcher comme si de rien n'était. Benny se mourrait par terre pendant ce temps. Il saignait terriblement. Le coup l'avait atteint à l'urètre. Mes premières vacances au Congo en 1995 avaient été empoisonnées par cette histoire. Ces hommes profitaient allègrement de l'impunité que, sournoisement, on leur accordait. Ils s'amusaient. Ils tuaient, par ennui. Ils multipliaient les bavures car on en parlait comme faits divers, personne donc pour les inquiéter.

Alors que j'étais allé rendre visite à Benny après près d'une quinzaine d'années, il m'avait accueilli avec l'enthousiasme naturel des retrouvailles. Je le félicitais, pendant qu'on parlait pour sa situation, sa stabilité sociale. Il avait une belle maison, merveilleusement et richement équipée ; une très jolie femme et leur petite fille était vraiment adorable. Mais il s'était empressé de doucher ma fascination :

- Tu sais, me dit-il, tout ça, c'est du matériel. Il m'était arrivé quelque chose de terrible. J'ai frôlé la mort et je suis un homme mort, depuis.

Il s'était alors mis à me raconter son histoire, le geste fou du gendarme.

- Ils étaient partis, continua-t-il. Mais les gens qui suivaient la scène de leurs maisons ne pouvaient pas m'aider et pour cause, ils n'avaient pas le droit de circuler. Je perdais tout mon sang. Je criais au secours mais c'était une journée ville morte, tout était réglementé, y compris les cas d'urgence. Une femme qui avait tout suivi décida de défier les autorités. C'est grâce à elle que je m'étais retrouvé aux soins intensifs. Elle avait avancé son propre argent et avait fait comprendre aux médecins de l'hôpital national l'urgence de ma situation.
- Mais je ne comprends rien à ce que tu me dis. Il t'a tiré dessus à bout portant ?
- Comme ça, sans aucune raison. Mais tu ne sais pas le plus terrible dans l'histoire. Je suis en vie mais j'ai perdu l'usage de mon membre.
- Tu veux dire que tu boites ?
- Oui mais sexuellement.

Tous les démocrates de rue me regardaient raconter cette histoire avec intérêt. Le modérateur avait l'air ému. Il ne savait pas par quel bout la prendre. Comme c'est lui qui avait le droit de parler en premier, il demanda :

- Tu veux dire qu'il ne peut plus avoir les rapports sexuels normaux, comme toi et moi ?

La prémisse de sa question était curieuse. Je n'étais pas personnellement prêt à exposer ma vie intime, mes capacités ou non à satisfaire une femme. Il était tout de même généreux de me donner un détail personnel de sa vie, de bomber le torse sur sa virilité en vrai politicien car personne ne pouvait réellement vérifier cette affirmation.

- Tu dis 1994 ? Mais l'année suivante, c'était encore pire : seize religieuses catholiques avaient été tuées pour avoir manifesté pendant une journée ville morte. Seize, tu m'entends ? insista-t-il.

J'entendais aussi dans sa question la rage et l'indignation devant la gratuité de ce genre d'actes. Il m'avoua qu'il comprenait pourquoi j'avais choisi de siéger comme indépendant, même s'il était surpris et heureux d'apprendre au détour d'une phrase que je vivais en Occident.

J'avais pris congé, non sans les féliciter de leur engagement sans faille dans l'avenir du pays, quoique douteux, et de leur présence dans ce haut lieu de démocratie. Une invitation à continuer.

C'était une bonne bouffée d'air de pure démocratie participative qui m'avait fait un grand bien. Ils étaient jusque-là saufs parce que c'était encore inoffensif et inconnu du grand public. Pourvu que ça dure.

J'ai continué mon chemin, avec la satisfaction d'en avoir appris sur ce pays que j'avais laissé il y avait plus de deux décennies. Le reste n'avait pas beaucoup changé. J'attendais mon bus de retour dans une énorme marée humaine. Ils arrivaient vides mais ils étaient bondés en moins de deux. J'avais perdu le réflexe de ce genre de situation où il fallait jouer des coudes. J'en avais laissé passer au moins six mais les gens ne semblaient pas diminuer en nombre. J'aurais pu prendre un taxi mais après cette leçon de démocratie de la rue, je tenais à être parmi le petit peuple. Déjà une heure que j'attendais. Le moindre geste de ces gens-là me rappelait un passé pas si lointain et m'amusait. « La survivance des plus aptes » se voyait dans tous les compartiments de la vie là-bas. Ceux qui étaient plus aptes que les autres embarquaient par les fenêtres ou poussaient tout le

monde pour se frayer un chemin, donc avoir une place de choix. Les femmes, les enfants, les personnes âgées et celles à mobilité réduite n'avaient aucune considération dans ces batailles quotidiennes. J'étais surpris et déçu de voir qu'on ne leur laissait plus de places assises de manière spontanée comme c'était le cas quelques années auparavant.
Une heure trente que je m'amusais à regarder le spectacle qui faisait jadis partie de ma vie. Un monsieur s'avança vers moi et me susurra quelque chose d'inaudible, on aurait dit qu'il ne tenait pas à être vu ou entendu bavarder. Il répéta, un peu plus clairement cette fois :

- Je vous disais de faire attention aux pickpockets.

Ce bon samaritain avait probablement remarqué l'insouciance avec laquelle je prenais mon mal en patience en attendant un autobus moins bondé, plus humain. Je l'ai tout de suite remercié, et il a aussitôt changé de sujet en revenant sur la difficulté d'arriver à temps à son rendez-vous dans ce pays.

- Je n'ai pas rendez-vous, lui ai-je dit, comme pour le rassurer.
- Mais il ne s'agit pas seulement d'un rendez-vous administratif. Moi, j'ai l'habitude de dîner avec ma femme à sept heures. Même les jours où on n'a pas grand-chose à manger, je me dois quand même d'être là, c'est un rendez-vous, si vous voyez ce que je veux dire.

J'ai eu volontairement envie d'hésiter pour réfléchir. Cet homme avait tout d'une espèce disparue depuis longtemps. Prévenant, altruiste, poli, amoureux de sa femme à presque soixante ans, honnête dans un pays qui a perdu toute sa morale, il incarnait un idéal qui n'existait plus.

- Mais votre femme vous pardonne sûrement ces retards qui ne sont pas voulus, non ? avais-je décidé de répondre finalement. Je suis sûr que c'est une bonne personne, les beaux esprits se rencontrent, n'est-ce pas ?

- C'est ce qu'on dit mais je n'ai pas toujours été un bel esprit, vous savez ?

Il observa un arrêt de quelques secondes. Son regard devint tout à coup vide. On aurait dit qu'il revoyait défiler sa vie. Un petit moment d'absence que j'ai évidemment respecté. Le spectacle des autobus bondés ne m'intéressait plus, encore moins la satisfaction éventuelle de voir, de mes yeux, les pickpockets en action, les nouvelles ruses qu'ils ont depuis développées pour parvenir à leurs fins. Je ne voyais même pas la foule autour. Probablement lui non plus. Et puis, revenu à lui, il m'invita à nous éloigner un peu de la cohue. Pourquoi me choisir, moi ?

- J'ai remarqué quelque chose chez vous, commença-t-il. Vous n'avez pas de réflexes de quelqu'un d'ici. Je vous ai observé pendant au moins une heure. J'en suis arrivé à la conclusion que vous n'étiez probablement pas d'ici.
- Je suis du Canada.
- C'est ce que je pensais. Je présume que chez vous, ce n'est pas comme ça ?
- Non, ce n'est pas comme ça, lui ai-je répondu parce que je n'avais pas les moyens de noircir le tableau dans un pays où les autobus circulent parfois sans personne dedans. Même si je lui disais qu'on avait aussi des pickpockets, il n'y aurait tout de même pas eu photo entre les deux situations.
- Ce n'est pas ça que je voulais dire. Votre citation sur les beaux esprits m'a interpellé. Je suis à ma dernière année d'enseignement. Je serai donc à la retraite l'année prochaine et cette année est des plus laborieuses de ma vie. Elle m'oblige à aller sur les traces de ma carrière d'instituteur, plutôt de tortionnaire, de bourreau

d'enfants. Je vous répète que je n'ai pas toujours été un bel esprit.

Il s'était alors mis à me raconter ses années d'instituteur avec force détails. Je ne savais pas s'il pensait au fond de lui que j'étais né au Canada, que j'y avais grandi et que je trouverais tout ce qu'il racontait d'un certain exotisme. Toutes les horreurs qu'il disait me semblaient d'autant plus familières que je les avais vécues. L'idée qu'il y avait finalement quelqu'un qui prenait du recul, qui faisait dissidence m'avait rendu gaillard car il était pratiquement impossible de se battre contre l'idée largement répandue et acceptée que c'était l'unique façon d'instruire les enfants. Ce monsieur, dont je ne connaissais pas le nom, vivait, à raison, une crise de conscience, une année expiatoire. Il y avait de quoi se repentir.

J'étais moi-même élève là-bas. J'avais la particularité d'être né avec une sœur jumelle. Même âge, c'est-à-dire même itinéraire scolaire. Même classe dans les écoles mixtes mais à la condition qu'on passe de niveau tous les deux et à chaque fois. Je jouais de chance, ma sœur avait eu quelques incidents de parcours. Mais les cinq années où on était dans les mêmes classes étaient les plus horribles de ma vie d'élève. J'avais même décidé, pendant mon séjour, de ne pas passer devant mon ancienne école. Les enseignants étaient de bonne foi, ils punissaient, frappaient, humiliaient, bref ils sévissaient de bonne foi. Ils avaient la bénédiction de nos parents. Je me rappelle ma quatrième année. Ma sœur, qui n'était pas d'une grande intelligence, avait par contre une forte personnalité, y compris le courage de défier l'enseignant. C'était un péché inexpiable car l'enseignant là-bas était la toute-puissance, avait le premier et le dernier mot sur tous ses élèves. Chaque fois qu'il frappait un élève, ce dernier s'arrangeait pour que ses parents ne l'apprennent pas parce que l'enseignant étant infaillible, par nature, c'était une nouvelle raclée assurée à la maison. Ma sœur, donc, s'arrangeait toujours pour être punie au moins cinq fois par jour. Notre enseignant lui demandait, en guise de punition,

d'aller donner dix coups de tête contre le mur en béton. Elle se levait. Elle donnait ses dix coups, avec les applaudissements nourris de la classe. Au bout de la troisième punition, je demandais à la remplacer, même si j'étais le plus sage des élèves. L'enseignant acceptait. Et je me levais dans un silence absolu, par décence. On rentrait à la maison avec trente coups de tête pour ma sœur et vingt pour moi. On faisait nos devoirs avec un terrible mal de tête. J'étais d'une santé fragile et terminait souvent la semaine alité.
Pendant que je pensais à cette histoire, le monsieur, lui, continuait sa confession, multipliant les exemples de cruauté. « Surtout, me dit-il, ma guerre contre les gauchers dans ma classe… »

- Les gauchers ?
- Je viens d'un petit village où le gaucher est synonyme de malchance, de porte-malheur. Les parents priaient, jeûnaient pour ne pas avoir un gaucher dans la famille. Quand ils en avaient un, ils cherchaient à savoir ce qui n'avait pas marché dans leur vie personnelle pour mériter une telle disgrâce.
  L'enfant né sera élevé dans une adversité et un sentiment de culpabilité uniques en leur genre. Les parents vont tout faire, absolument tout, pour l'empêcher d'utiliser cette main gauche qui va avoir un gros pansement deux, même trois semaines sans qu'il y ait la moindre blessure. L'enfant, lui, avait des fessées à longueur de journée chaque fois qu'il essayait de se servir de la maudite main. N'étant pas ambidextre, il écrit plus tard en pattes de mouches. Il est la risée de toute la classe, avec la complicité de l'enseignant que je suis.
- Mais il n'y avait pas que vous…
- Je ne peux pas parler pour les autres. J'avais une rangée pour les élèves intelligents, les moyens et une autre pour les cancres. Mais mon expérience dans mon petit village

m'avait amené à en mettre une quatrième : pour les gauchers. Une rangée des pestiférés, en somme. Pensez une minute à un élève qui n'était pas particulièrement intelligent et qui avait eu la mauvaise idée de naître gaucher. C'était la damnation totale, n'est-ce pas ?

Je l'avais laissé parler. Je pensais à sa femme qui avait peut-être déjà servi le plat de poulet braisé sans savoir que son mari s'était lui-même mis sur le gril. Devant un étranger. En fait, un ancien élève passé à travers toutes ces souffrances inutiles, infligées, certes, de bonne foi mais qui étaient d'un autre âge. « Certains de mes élèves, avait-il poursuivi en guise de conclusion, avaient même arrêté l'école, victimes probablement d'une sorte de blocage, ne pensez-vous pas ? »

La question avait été posée à la mauvaise personne. Je lui avais dit oui d'un ton sec et définitif. « En vous souhaitant bon appétit, monsieur. »
Je l'avais quitté et décidé finalement de prendre un taxi. Aucune cohue, aucun pickpocket, seulement des chauffeurs de taxi brûlant la politesse les uns aux autres, se damant le pion les uns aux autres aussi, ils se disputaient notre préférence. J'avais pris place dans celui qui me semblait le moins amoché. J'étais devant, à la place du mort, comme on dit. Je voulais mettre ma ceinture de sécurité mais le chauffeur s'était permis de me passer un savon mémorable. Cette ceinture était comme une espèce d'essuie-tout, de l'huile de moteur à la mayonnaise qui dégouline de ses sandwichs. Il m'avait traité d'arrogant, c'est-à-dire de petit Occidental vaniteux et donneur de leçon de sécurité. Je lui ai dit que j'étais profondément désolé, que c'était simplement un réflexe.

- Réflexe d'Occidental, non ?
- Si vous voulez mais ce n'est pas de l'arrogance.
- C'est quoi, alors ?

C'était assez décalé comme discussion. Il tenait absolument à ce que je donne un nom à quelque chose d'innommable. Ce seul geste m'avait trahi. Je ne pouvais plus me faire passer pour moi-même. Ce chauffeur parlait tellement bien français qu'il émanait de lui une forme de jalousie de ne pas être à ma place. Il conduisait en me jetant un coup d'œil de temps en temps. On aurait dit qu'il allait dire quelque chose mais qu'il se retenait. Et puis :

- Vous êtes sûrement venu vous encanailler ici ? me demanda-t-il, sans sourire.

J'avais préféré ne pas répondre. Attendant une réponse qui ne venait pas, il s'arrêta net, en plein milieu de la route. Il me demanda l'argent de la course alors qu'on était encore au point de départ. Il me dit ensuite de descendre. Je me suis exécuté et il a démarré en trombe. Il avait besoin de ça pour calmer cette colère irraisonnée. Les gens me regardaient. Ils marchaient comme dans une procession. J'ai tout de suite pensé qu'ils allaient à un événement sportif ou musical de grande envergure. Mais non, ils allaient chez eux, la marche étant leur moyen de locomotion, faute de moyens. J'ai marché avec eux, des kilomètres mais dans une paix qui me faisait du bien, qui me faisait vivre une autre étrangeté dans le pays de mon enfance.

A trois jours du retour à la maison, le branle bas de combat avait déjà commencé. Il y venait du monde à n'en plus finir, qui pour dire au revoir, qui pour envoyer un message à la famille au Canada ou encore pour attendre un geste de générosité de ma part. J'en étais ce jour-là à mon neuvième aparté. Un gars à première vue beaucoup plus âgé que moi, essayait de me convaincre qu'on se connaissait très bien, même qu'on avait fait les quatre-cents coups ensemble en notre temps.

- Pense au docteur Bobias, qu'il me dit.
- Le docteur Bobias de l'hôpital Faradge ? ai-je répliqué.
- Oui mais à l'époque, il n'était pas encore là, il dirigeait un autre hôpital.

Je ne savais pas pourquoi il se voulait aussi mystérieux. Après tous les apartés qui me faisaient travailler les méninges à chaque fois, mon cerveau était en compote, à peine capable de me tenir intellectuellement éveillé. Je riais pour cacher mon embarras. Mais mon rire était jaune car Bobias ne me rappelait pas d'excellents souvenirs. J'avais aussi honte de ne pas reconnaître quelqu'un qui semblait, lui, connaître jusqu'à mon médecin de famille. L'idée qu'il pouvait penser que je le repoussais sur le mode occidental du chacun pour soi et Dieu pour tous, comportement qu'on nous affuble, me traversa l'esprit. Il était inconsciemment cruel. Il me laissa chercher pendant au moins deux interminables minutes. Puis, voyant mon échec, il le consacra en se penchant vers moi. Il sollicita mon oreille et me susurra quelque chose. On est tombés dans les bras l'un de l'autre. Il me chuchota quelque chose qui n'était pas du tout à son avantage. L'Histoire est toujours racontée par les vainqueurs, comme on dit mais là, Ignace (j'ai trouvé son nom par rapprochement) a eu le courage de me concéder la victoire. Il avait raison de dire qu'on se connaissait très bien. On avait huit ans, à l'époque. Il était la risée du groupe parce qu'il portait un pagne au cou et pour cause, il venait à peine de se faire circoncire par le docteur Bobias lui-même. Il avait battu tous les

records imaginables. La plupart d'entre nous n'étaient pas mieux mais le plus âgé à se faire circoncire avait cinq ans, un seul était encore bébé. Il pleurait de nous voir nous liguer contre lui. C'était tellement drôle de le voir en pagne, comme une petite fille. Pourtant, il n'y avait pas meilleur moyen pour protéger son membre charcuté contre la rugosité de certains vêtements qu'on portait à l'époque. Dans nos nombreuses taquineries, on lui disait par exemple qu'il lui manquait seulement les tresses pour qu'il aille jouer aux marelles.
Un jour où il voulait défier le sort, nous montrer qu'il était un homme, un vrai parce qu'il y allait de son estime de soi, de son identité profonde, il était venu nous voir jouer au foot au tout début de la cicatrisation de sa plaie. Il avait un short en daim jaune. Il gardait les deux mains dans les poches pour continuellement éloigner le tissu de son corps. C'étaient là des techniques qu'on développait dans notre petit cercle des circoncis sur le tard. Il était arrivé le match était déjà loin. On était menés largement au score. Les adversaires étaient tous des enfants de militaires, élevés à la dure ; ils ne faisaient donc pas dans la dentelle. Le match était on ne peut plus viril et j'ai eu le temps de dire à Ignace, en passant, qu'il n'était pas au bon endroit, sans jeu de mots. Il avait pris une liberté qu'il avait ensuite mis longtemps à regretter. Alors qu'il n'était même pas au premier plan, il s'était pris un ballon à bout portant sous sa ceinture. Ce joueur qui avait manifestement l'esprit militaire avait tiré dans le tas sans aucune raison valable. De l'insolence uniquement. Ignace se roula par terre de douleur. Nos adversaires ne comprenaient pas qu'il se contorsionne à ce point-là. Même si l'endroit visé était notre principal talon d'Achille en règle générale, Ignace avait mis plus longtemps que le temps que la société nous alloue en pareils cas. Nous ne voulions pas leur dévoiler son petit secret mais c'était peine perdue car il avait commencé à saigner et le sang avait tâché son short jaune. On compatissait. Mais l'équipe adverse était secouée par cette découverte. Naturellement, ils s'étaient tous mis à rire en se cachant le visage. J'étais gardien de but, sans

doublure. Mais j'avais décidé de l'aider à marcher jusque chez Bobias pour refaire le pansement. Il n'avait même pas besoin de me dire sa souffrance, je la comprenais, je la sentais. Mais le plus cruel était à venir : enlever le vieux pansement maculé, nettoyer la plaie en la désinfectant, remettre du mercurochrome et un nouveau pansement. Il y avait du sport, évidemment. Je l'avais accompagné jusque devant chez eux. Il nous raconta plus tard qu'en arrivant à la maison, son père l'avait corrigé copieusement, comme il fallait s'y attendre. Sa tentative de récupérer sa masculinité avait brillamment échoué et nous ne lui avions fait aucun cadeau les jours qui avaient suivi, des vannes, de l'ironie ouverte, des attaques qu'on appelle personnelles sous d'autres cieux. Je me suis rappelé tout ça et j'ai souri, en l'embrassant une nouvelle fois.

C'était une rencontre finalement rafraichissante. Ignace, comme tous mes amis d'antan, ne faisait pas son âge, il paraissait nettement plus vieux, donc un peu méconnaissable. La maladie, la faim, un divorce et un enfant décédé sont passés par là. Du quotidien dans le pays que je venais de retrouver.

La veille de mon départ était un jour triste. Tout compte à rebours amène en général des sentiments mitigés. Pour certains, c'est le trac, la peur même, et pour d'autres c'est la joie, la tristesse, parfois même les deux. J'avais un peu de tout ça. Même faire ses valises est une occasion de verser quelques larmes. Même la vendeuse de pains qui venait tous les matins l'avait remarqué et ne s'était d'ailleurs pas gênée pour me le dire, en patois dans le texte :

- Quelque chose ne va pas, monsieur ?

Il était clair que quelque chose n'allait pas. Je n'avais même pas un seul mot gentil pour elle ce jour-là. Je n'avais pas même trouvé à redire en voyant qu'elle n'avait pas couvert sa bassine et que les mouches prenaient leur pied sur le pain que j'allais manger. Je m'étouffais pour moins que ça, d'ordinaire. J'ai pris toute sa bassine, une trentaine de pains environ. Elle était bouche bée. Sa journée était finie avant même de commencer. Chacun de nous a sa façon de noyer son chagrin et je n'avais rien contre ceux qui pensaient qu'il était soluble dans la bière ni contre ceux qui élisent domicile dans un bordel, le temps que ça passe. Comment expliquer à la vendeuse que c'était un geste instinctif, irréfléchi, elle qui m'avait donné si gentiment du monsieur ? Elle me remercia, en me faisant une petite révérence. Je lui ai souhaité une bonne journée mais dans l'euphorie du pactole qu'elle venait de toucher, elle ne m'a même pas entendu. Je comptais et recomptais des yeux tous les pains pour m'occuper un peu, distraire mon esprit. Comme compter ne m'a jamais réussi, je me perdais de temps en temps et je recommençais. Parfois même je n'avais pas le même chiffre, trente-huit la première fois, et trente-six la deuxième. C'étaient mes seuls compagnons dans cette solitude physique et mentale. Je ne pouvais même pas regarder la télévision, on n'avait pas d'électricité depuis la veille au soir. Du banal. Je ne savais donc rien de ce qui se passait au pays. Le domestique alluma les braises pour chauffer de l'eau pour le thé. J'ai ensuite eu l'idée d'inviter quelques personnes à prendre le petit déjeuner avec moi. Mon voisin de gauche tenait un commerce devant sa maison. Il avait un babyfoot ou fussbol et il faisait payer des parties. Les jeunes s'agglutinaient autour, se lançaient des défis, les relevaient, s'empoignaient, ainsi de suite. Il y en avait au moins huit, ce matin-là. A les voir, je n'étais pas sûr qu'ils avaient pris leur douche, s'étant probablement couchés sur les rivalités et les amertumes de la veille. Je me suis d'abord improvisé badaud. Les parties étaient relevées. Elles avaient en fait été interrompues la veille par l'obscurité. J'applaudissais les beaux jeux. Ceux qui menaient étaient gonflés à bloc et se permettaient parfois quelques qualificatifs colorés en direction de leurs adversaires, de vrais poètes. J'attendais un temps mort pour leur parler mais il n'y en avait pas. Les parties se succédaient, à la satisfaction du patron qui encaissait. Le dernier match était un véritable drame. Un des garçons a battu son adversaire à plate couture, une humiliation de dix buts à zéro. Un terrible affront que le perdant avait mal pris. Il prit la boule et la balança très loin, en fulminant. Le patron l'avait ensuite saisi par le col de sa chemise déjà fatiguée et lui criait en plein visage des menaces assez sérieuses. C'était la seule boule de son entreprise. Les enjeux étaient donc énormes. On partit tous à sa recherche. On ne la retrouva pas, évidemment. Les rues étaient dans un tel état qu'il fallait de la chance car les égouts de fortune, les flaques d'eau, les amas de détritus, les caniveaux non entretenus avaient considérablement amoindri nos chances. J'ai glissé discrètement un billet de 20 dollars dans la poche du patron qui était sur le point d'étriper le fautif. Il se calma car il avait désormais de quoi couvrir son chiffre d'affaires et acheter une douzaine de boules. Le combat cessa donc, faute de boules. C'était le temps mort inespéré et un prétexte pour les inviter.

- Venez tous chez moi, leur ai-je dit. On va tous s'asseoir et discuter autour d'un thé.

J'ai dit thé parce que c'est l'expression consacrée. Ils n'auraient pas compris que je parle de café, c'est seulement à la télé qu'ils entendent ça. En fait de thé, c'est tout ce qui fait un petit déjeuner. Ils hésitaient parce qu'ils ne savaient pas encore que pour le patron, l'expression française « à quelque chose, malheur est parfois bon » se posait avec une magnifique acuité. Il affichait un sourire en décalage complet avec la situation qu'il vivait une minute auparavant. Il étonna tout le monde :

- Allez tous faire la fête avec monsieur.

Tous les jeunes, circonspects, s'exécutèrent. Ils savaient que j'étais pour quelque chose dans ce virage à 180 degrés de cet homme connu pour ne faire aucun quartier. On avait fait un petit cercle. L'ambiance avait changé du tout au tout. Je les ai invités à se servir sans se poser de questions.
J'étais surpris de voir que personne ne s'était donné la peine de se laver les mains, alors qu'on venait d'une activité très salissante. Le microbe, comme on a toujours dit là-bas, était une affaire de Blancs, le Noir n'en mourait pas. D'où la disparition incompréhensible des services de la voirie et des dépotoirs publiques. Enfin.
Je nous ai servis une douzaine de pains, pour commencer. Du thé nature et du lait à volonté. Ils mangeaient comme si c'était le dernier repas de leur vie. J'ai personnellement apprécié le talent qu'ils avaient de passer d'une activité à une autre en y mettant, à chaque fois, du cœur à l'ouvrage. Ils discutaient en même temps. Des choses et d'autres. Ils postillonnaient aussi. Je n'intervenais pas, sauf une fois pour leur dire d'y aller mollo avec la margarine parce qu'ils risquaient de tomber malades. Je pensais un moment qu'ils continuaient la compétition et que la victoire irait à celui qui en mettrait le plus sur son pain. Mon avertissement n'avait servi à rien parce qu'on ne pouvait pas tomber malade en mangeant, on assurait plutôt son bien-être et sa santé ! Ils plongeaient de temps en temps les morceaux de pain beurrés dans leur gobelet de lait et la surface devenait tout

huilée. L'un d'eux entonna une chanson. Un deuxième lui donna la réplique, puis deux autres, le bonheur en chantant. Et puis, soudain, le plus âgé de ces adolescents cria :

- Arrêtez ça tout de suite, imbéciles.

Cet ordre resta lettre morte. La chorale continuait de plus belle. Il se leva cette fois, prit l'instigateur de la chanson par le cou et lui intima un autre ordre de se taire. Il se tut. Les autres aussi. Personne ne comprenait cet accès de colère. Il prit ensuite deux bouchées tranquillement avant de s'expliquer :

- Vous ne pouvez pas chanter cette chanson devant monsieur. Elle est d'ailleurs interdite de diffusion depuis hier soir.

Censurée. Personne n'était au courant parce qu'il n'y avait pas d'électricité pour un deuxième jour de suite. « Mon père a un groupe électrogène », enchaîna-t-il, un peu gêné aux entournures. Ils étaient les seuls à avoir du courant. Il avait visiblement pris sur lui pour dire une phrase de riches devant une bande de démunis. Il craignait d'être marginalisé. J'ai pris les devants pour détourner la conversation et lui sauver la mise. J'étais personnellement heureux de cette nouvelle de censure. « C'est pas trop tôt », avais-je soupiré.
Il n'y avait pas, à notre époque, ce foisonnement de chaînes de télévisions qu'on voit maintenant. Il n'y en avait qu'une et elle était nationale avec tout ce que ce mot comporte de matraquage et de propagande en faveur du pouvoir en place. Les journaux télévisés ouvraient et fermaient sur le président de la république, qu'on affublait d'appositions allant de père de la nation à guide de la révolution, en passant par grand timonier ou encore président-fondateur. C'était un dieu ; et pour ceux qui ne le croyaient pas encore, la chaîne publique avait changé son générique pour les informations télévisées. On y voyait le fameux président sortir des nuages, du ciel. Et il en sortait plusieurs fois par jour, évidemment, pour mieux nous le mettre

dans le crâne. Je me rappelais d'ailleurs qu'on obligeait tous les foyers à acheter la photo officielle du président et de la mettre dans un cadre, puis en exergue dans la salle de séjour. Nous, on n'était pas vraiment d'ici, on n'avait donc pas cette obligation-là, logiquement. Mais comme il n'y avait pas tant de logique que ça à cette époque, on avait eu droit à plusieurs descentes de la police, plusieurs sommations et, par voie de conséquence, plusieurs amendes. Ridicule, évidemment. Conséquence de cette espèce de déficit de logique, on censurait à tout va. On censurait tout et n'importe quoi, la seule règle était l'obligation de mettre l'art au service du pouvoir, ainsi que je l'avais déjà dit. Je racontais donc tout ça aux jeunes mais c'était tellement loin, tellement aérien pour eux qu'ils mangeaient plus qu'ils ne me suivaient. Et puis soudain, celui qui avait amené la nouvelle de la censure me prit par surprise :

- Pardon pour la question mais préférez-vous cette époque-là à maintenant ?
- Oui et non, avais-je répondu, un peu hésitant.

En fait, je ne savais pas comment y répondre sans parler politique, économie, morale et tous les autres détails pertinents nécessaires au parallèle. J'ai préféré finalement lui répondre par un raccourci :

- Tu sais, je préférerais prendre le meilleur de ces deux époques.

Ce n'était pas faux. Mais aussi, je me devais de leur donner de l'espoir, d'éviter de leur dire par exemple que le choix était entre la peste et le choléra parce que tout simplement, cela me paraissait comme une marque d'indulgence vis-à-vis de l'ancien régime qui avait les moyens d'offrir à ses concitoyens un pays viable mais qui, à la place, l'avait laissé en état de gravas. La morale aussi avait foutu le camp avec cette misère incommensurable. Même en art, les œuvres n'étaient devenues qu'alimentaires, aucune recherche du beau ni de l'originalité.

C'était du réchauffé, des copies pâles de ce qui a été fait ou chanté dans le passé, repris sans mettre des gants. Tout tourne désormais autour de la ceinture, les paroles et les danses sont d'une obscénité inouïe. Je ne comprenais pas qu'on ne les censurât pas, tous ces musiciens qui se donnaient en spectacle avec des filles assez charnues qui dansaient les généreuses fesses presque à l'air.
Mon petit déjeuner avec ces jeunes m'avait permis au moins de marquer ce jour-là d'une pierre blanche, le jour où on a finalement mis le holà à une dérive sociale qui éloignait les gens d'une réflexion salvatrice.
Je réfléchissais, pendant qu'ils s'adonnaient goulûment à leur tâche. Je ne voulais pas donner un ton grave à cette rencontre et pour meubler ce silence de deux minutes qui s'alourdissaient, j'ai posé une question des plus banales, le genre dont on ne se souvient même plus la minute d'après :

- Vos vacances se passent bien jusque-là ?

Quatre des huit seulement m'avaient répondu affirmativement. Les autres avaient la bouche pleine. L'un d'eux m'avait fait signe de la main qu'il allait me répondre, le temps qu'il avale le gros morceau de pain qu'il essayait de diluer en prenant quelques gorgées de son lait chaud. J'avais peur que l'un d'eux étouffe tant la disproportion entre leurs bouches et les morceaux qu'ils ingurgitaient était frappante. Il réussit à se sortir de la situation, puis me donna une réponse en patois qui, bien qu'en différé, m'avait dégoûté de tout.

- Savez-vous ce qu'on appelle délestage, monsieur ?
- Désolé, non.

Ils avaient tous envie de rire mais ça aurait été cracher dans le lait que je venais gracieusement de leur offrir. Ils n'en revenaient probablement pas que je cale devant un terme aussi largement démotivé et délavé. Ils s'étaient mis de manière assez laborieuse à me l'expliquer mais c'était tellement brouillon que j'avais consulté un dictionnaire après leur départ. Délestage : dans le réseau électrique, c'est le fait de *stopper volontairement l'approvisionnement d'un ou de plusieurs consommateurs pour en fournir d'autres.* Et vice versa, évidemment.

Mais qu'est-ce que ce délestage avait à voir avec l'école ?

- Mais c'est très simple, monsieur. On est tous ici délestés, pour l'école, la nourriture et toutes les autres choses mais ce n'est pas grave, on est déjà habitués.

Je m'étais fait expliquer que le fait de priver une partie de la population d'électricité pour en fournir une autre avait fait des émules. C'était en fait devenu quelque chose de drôle pour eux et leurs familles, surtout celles où il y a au moins quatre enfants, autant dire toutes. Ils alternent pour tout. Comme les parents ne peuvent pas se permettre les frais scolaires, les uniformes, les fournitures, le transport, la nourriture, ils procèdent donc par alternance. Une partie allait à l'école cette année-là, l'autre faisait l'impasse, en attendant son tour l'année suivante. Il en était de même pour le manger et même certains jours, pour la douche, l'eau faisant de temps en temps de caprices.
Il n'y avait pas plus terrible que de les entendre me parler de tout ça en mangeant, ou même en beurrant leurs tartines. Ils disaient que même à l'école, ce n'était pas mieux. Les enseignants, qui étaient impayés pendant des mois, les obligeaient à amener tout ce qui pouvait se monnayer. Ils amenaient qui deux bouteilles vides par semaine, qui deux œufs frais ou encore un vieux pagne pour espérer continuer à apprendre.

- Nous, on a deux poules, commençait le plus jeune. Si elles ne pondent pas d'œufs, je ne peux pas me montrer à l'école, ça fait déjà longtemps qu'on n'a ni bouteilles ni autre chose à donner à monsieur.

- Pour nous, c'est simple, les parents font des promesses et madame me laisse en classe. Mais je n'ai pas eu mon dernier bulletin, elle l'a confisqué. Mais ça ne fait rien.

J'étais resté bouche bée, n'ayant rien à ajouter à ces monumentales absurdités. Je les écoutais continuer, se racontant des anecdotes issues de ce nouveau système économique et social. Ils riaient. Je ne pouvais pas. J'avais honte de ce que j'entendais, honte de l'idée que je me faisais de l'école comme soubassement de l'évolution d'un pays, de son progrès. Honte, tout simplement. S'ils m'avaient reposé la question pour connaître l'époque que je préférais, j'aurais répondu « aucune ». Je ne pouvais pas non plus tuer ce qui leur restait d'espoir en leur racontant les aberrations de mon époque. On étudiait comme on était élevés, c'est-à-dire à la dure. Eux au moins, ils ont un peu la parole. Nous, on n'en avait pas. Ce n'était pas l'envie qui manquait mais nous avions la peur dans le ventre. Il y en avait eu qui avaient tenté de défier le pouvoir. On n'en parle plus. Personne pour honorer le souvenir de cette noble témérité. Ils avaient à l'époque payé le prix fort. Eux et leurs pairs. Le pouvoir avait fermé les universités et envoyé les étudiants à l'armée. Contre leur gré, cela va sans dire. C'était aussi ça, mon époque. On tuait comme dans un jeu de dames, encore que dans le jeu, on pouvait faire du sentimentalisme et laisser gagner l'autre. Non, on tuait mais pas seulement les velléités de toute sorte mais surtout leurs porteurs et au premier rang desquels se trouvaient les étudiants, ceux-là mêmes qui représentaient l'avenir du pays. L'école n'était pas une priorité, elle représentait même quelque chose de subversif, un lieu où on fabriquait des rebelles et des conspirateurs. Pour contrer le tout, on était continuellement soumis à une espèce de campagne de décervellement à longueur de journée.

Comment dire ces choses-là à ces jeunes sans qu'ils ne les prennent pour des gags. Mais je ne souhaitais pas non plus les laisser penser qu'ils vivaient dans la pire époque qui soit. « Vous

savez, ai-je commencé à leur dire, j'avais aussi arrêté mes études quand je vivais encore ici. »
C'était assez intéressant de voir que ce sujet avait tout de suite capté leur attention. Peut-être le fait de me faire passer pour un frère de situation avait trouvé un certain écho chez eux. J'avais effectivement arrêté d'étudier, non pas que je n'eus pas les moyens de payer mais parce qu'il s'était passé quelque chose d'horrible à l'époque et cela m'avait décidé à quitter l'université. J'étais étudiant en Droit. Les conditions n'étaient, déjà, pas bonnes mais ça ne nous dérangeait pas outre mesure. Les autobus universitaires étaient d'une autre époque mais c'était mieux que rien. Cinquante-cinq places assises mais on s'y entassait à trois cents ou même plus, assis, debout, perchés, etc. Les chauffeurs, gonflés à bloc, roulaient à tombeau ouvert dans une ambiance de troisième mi-temps d'une rencontre sportive. Et puis, ce qui devait arriver arriva. Un bus, dans lequel je n'étais pas, avait eu un terrible accident, tout seul. Plusieurs tonneaux. Mes amis y étaient. C'était une scène d'horreur. Aucun secours n'est venu du pouvoir. Les gens qui passaient s'étaient substitué à l'État pour sortir les étudiants coincés dans la ferraille. J'avais la chance d'avoir quitté avant la fin de la journée. Je n'ai jamais aimé cette chance-là, je ne m'en suis jamais remis. J'ai quitté l'université, pour ne pas voir les sièges vides de mes amis ni vivre l'expérience de la vie quotidienne de nouveaux éclopés. C'est tout.

Je n'avais pas raconté cette histoire dans ces mots-là mais n'empêche, elle les avait laissés bouche bée pendant une minute mais ils reprirent aussitôt leur ouvrage, en mangeant chacun pour quatre ou presque.
Ainsi avait pris fin notre rencontre. Ils avaient pris congé, les uns après les autres. J'ai ensuite compté ceux qui m'avaient remercié pour ce repas copieux, deux sur huit. Ceux qui m'avaient serré la main en partant ? Zéro. Tout foutait le camp, disais-je. La preuve.

Je vivais finalement mes dernières heures dans ce pays qui m'avait vu grandir mais que j'avais du mal à me réapproprier. Les petits décalages quotidiens, la vue intenable et insoutenable de la misère, l'individualisme, la résignation des uns et la volonté de nuire des autres, un machiavélisme presque institutionnalisé, tout cela m'éloignait des années de mon enfance, du pays qui avait accueilli mes parents qui fuyaient la guerre ; un pays où repose ma mère depuis une vingtaine d'années. Un pays qui a, somme toute, beaucoup compté pour moi, qui m'avait offert l'hospitalité via mes parents, qui avait le mérite d'avoir façonné mes rêves d'enfant. Le voir comme ça dans cet état de délabrement avancé me mettait, au mieux, mal à l'aise.

Et pourtant, je terminais toutes les journées de mon passage là-bas avec une fascination pour les gens qui y vivent. Ils ont du mal à manger à leur faim, à aller à l'école ou à y envoyer leurs enfants, à se soigner ; ils ne boivent pas à leur soif car l'eau, dans ce pays entouré de l'un des plus grands fleuves au monde, est une denrée on ne peut plus rare. Ils manquent d'électricité pendant des jours, voire des semaines mais le pays fournit les pays limitrophes en électricité et a un barrage hydroélectrique que tout le continent lui envie; ils ne respirent pas l'air frais parce que les services de la voirie sont inexistants et les immondices font presque partie du banal ; ils ne sont pas à l'abri d'une agression au couteau ou à l'arme à feu ; ils se font voler à tout bout de champ, ils vivent enfin dans une médiocratie inhérente à la nature même du continent. Malgré tout ce décalage, malgré cette vie de bâton de chaise et de miséreux qu'ils mènent, ils affichent une bonhomie et une insouciance déconcertantes. Ils respirent le bonheur, pardon pour ce mot mais l'infirmité du langage et l'insolence même de leur approche inspirent ce mot trop souvent galvaudé mais qui valait mille fois que mon bonheur de touriste inévitablement m'as-tu-vu, bonheur aérien, éphémère et inutilement complexe. J'étais aussi heureux, l'espace de cette gifle, désireux de m'accointer à eux, de m'oindre un peu de leur indifférence, de cette façon de voir le monde sans s'embarrasser de ses pesanteurs et de ses contingences.

J'étais de retour à l'aéroport. Les mêmes personnes, les mêmes tracasseries, la même agoraphobie de ma part, accentuée par le fait que la plupart des gens qui étaient là-bas n'avaient absolument rien à y faire. Ils y étaient parce qu'ils avaient l'assurance d'en revenir avec de quoi s'acheter à manger et nourrir leur famille pour au moins un jour, et cette fin justifiait évidemment tous les moyens utilisés.

Au moins trois porteurs se disputaient mes bagages. Ils me demandaient de trancher, chacun tenant un bout de ma grosse valise. Quelle belle position que celle d'arbitre prêt à balancer un carton rouge à deux indésirables ! Leurs regards implorants étaient loin d'être ceux des innocents. J'avais la conviction que ces hommes-là ne se feraient pas prier pour étriper quelqu'un, même pour des broutilles. J'avais raison. Ils avaient commencé à proférer des menaces les uns à l'encontre des autres si jamais ça tournait mal. Le cynisme aurait été de les envoyer paître tous les trois pour ensuite assister à cette farouche raclée qu'ils se promettaient sans se soucier de leur futur patron que j'étais. Je les avais choisis finalement, tous les trois. Comme il fallait s'y attendre, ils ont commencé à faire dans l'obséquiosité ; et je m'étais surpris, l'espace de quelques secondes, à bomber le torse, en bon être humain.

J'ai dû, évidemment, mouiller la barbe à presque tous les services qui me séparaient de mon avion de retour au Canada, même aux endroits les plus sensibles en ce temps de psychose et de délire général de persécution. Avec leurs tactiques d'intimidation pour me soutirer un peu de ce qui me restait de monnaie, je n'avais même pas eu le temps d'être triste ni de faire le deuil pour avoir laissé derrière des souvenirs, des images, des sentiments qu'on ne remplace jamais. Cette petite saison d'un petit mois dans l'un de mes pays d'origine m'a fait un grand bien, tout compte fait. Mais, assis dans le confort de mon avion de retour et au milieu de mes propres angoisses congénitales, je me posais la question de savoir si je serais un jour prêt à me contenter d'un bonheur né de la résignation, de l'abdication, de la passivité, de l'effacement, de la normalisation généralisée des habitudes. Je ne pouvais pas encore y répondre. Je gambergeais pendant tout le trajet mais en vain, je ne le savais toujours pas. Je continuerai donc à caresser l'illusion que ce bonheur me conviendrait un jour, ou que je lui conviendrais, avec quelque effort, de part et d'autre. En attendant, j'étais heureux d'atterrir à Toronto, de retourner au Canada. Chez moi.

L'HARMATTAN, ITALIA
Via Degli Artisti 15 ; 10124 Torino

L'HARMATTAN HONGRIE
Könyvesbolt ; Kossuth L. u. 14-16
1053 Budapest

L'HARMATTAN BURKINA FASO
Rue 15.167 Route du Pô Patte d'oie
12 BP 226 Ouagadougou 12
(00226) 76 59 79 86

ESPACE L'HARMATTAN KINSHASA
Faculté des Sciences Sociales,
Politiques et Administratives
BP243, KIN XI ; Université de Kinshasa

L'HARMATTAN GUINÉE
Almamya Rue KA 028 en face du restaurant le cèdre
OKB agency BP 3470 Conakry
(00224) 60 20 85 08
harmattanguinee@yahoo.fr

L'HARMATTAN CÔTE D'IVOIRE
M. Etien N'dah Ahmon
Résidence Karl / cité des arts
Abidjan-Cocody 03 BP 1588 Abidjan 03
(00225) 05 77 87 31

L'HARMATTAN MAURITANIE
Espace El Kettab du livre francophone
N° 472 avenue Palais des Congrès
BP 316 Nouakchott
(00222) 63 25 980

L'HARMATTAN CAMEROUN
Immeuble Olympia face à la Camair
BP 11486 Yaoundé
(237) 458.67.00/976.61.66
harmattancam@yahoo.fr

L'HARMATTAN SÉNÉGAL
« Villa Rose », rue de Diourbel X G, Point E
BP 45034 Dakar FANN
(00221) 33 825 98 58 / 77 242 25 08
senharmattan@gmail.com

542636 - Octobre 2013
Achevé d'imprimer par